林清玄

心的丝路

人民文学出版社

林清玄
心的丝路

"林清玄经典作品系列"由人民文学出版社联合上海九久读书人文化实业有限公司共同策划。

本书由台北九歌出版社有限公司授权出版

著作权合同登记号图字　01-2012-539
图书在版编目(CIP)数据

心的丝路/林清玄著.—北京:人民文学出版社,2016
ISBN 978-7-02-011342-2

Ⅰ.①心…　Ⅱ.①林…　Ⅲ.①散文集-中国-当代
Ⅳ.①I267

中国版本图书馆CIP数据核字(2015)第320664号

责任编辑:廉　萍
特约策划:陶媛媛
封面设计:钱　珺

出版发行　人民文学出版社
社　　址　北京市朝内大街166号
邮政编码　100705
网　　址　http://www.rw-cn.com
印　　制　山东临沂新华印刷物流集团
经　　销　全国新华书店等
字　　数　100千字
开　　本　890×1240毫米　1/32
印　　张　5.75
版　　次　2014年1月北京第1版
印　　次　2016年2月第1次印刷
书　　号　978-7-02-011342-2
定　　价　38.00元

目 录

总序　乃敢与君绝

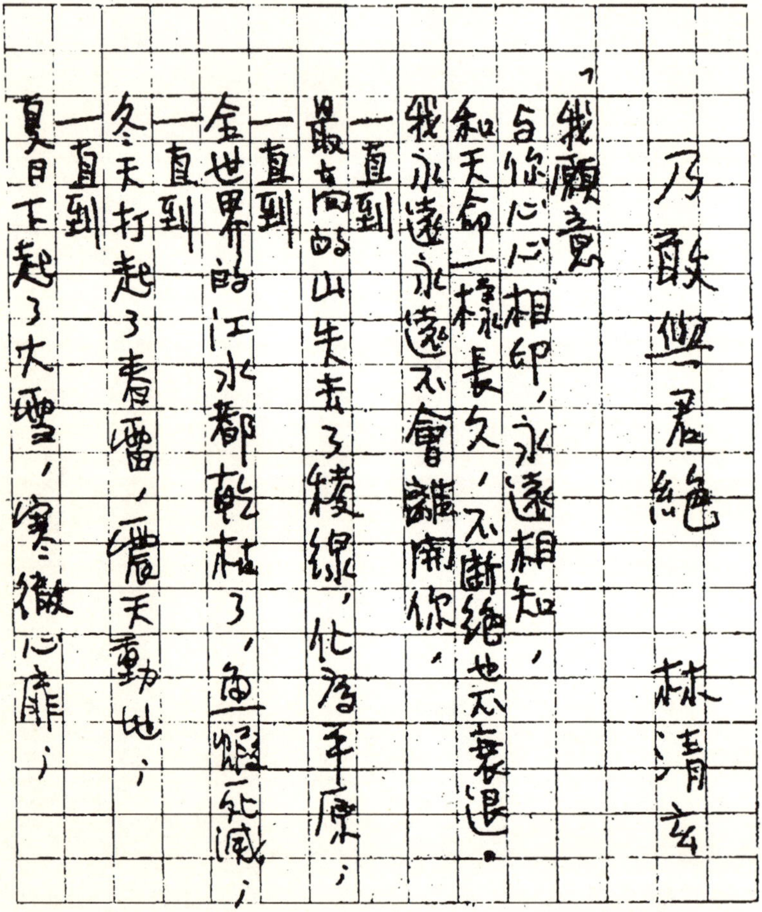

乃敢與君絕

林清玄

「我願意

與你心心相印，永遠相知，

和天命一樣永久，不斷絕也不衰退。

我永遠永遠不會離開你，

一直到

最高的山失去了稜線，化為平原；

一直到

全世界的江水都乾枯了，魚蝦死滅；

一直到

冬天打起了春雷，震天動地；

一直到

夏日下起了大雪，寒冷徹心扉；

我愿意

与你心心相印，永远相知，

和天命一样长久，不断绝也不衰退。

我永远永远不会离开你，

一直到

最高的山失去了棱线，化为平原；

一直到

全世界的江水都干枯了，鱼虾死灭；

一直到

冬天打起了春雷，震天动地；

一直到

夏日下起了大雪，寒彻心扉；

一直到

天地黏在一起，无日无夜，

一直到

这世界全部颠倒，

我才敢和你分离呀！

这是我最喜爱的一首古乐府诗《上邪》的译文，原文是这样子：

“上邪！我欲与君相知，长命无绝衰。山无陵，江水为竭，冬雷震震，夏雨雪，天地合，乃敢与君绝！”

我在少年时代第一次读到这首诗，是盛夏时节坐在漫天的凤凰树下，当时因为感动，全身不停颤抖。

天呀！在千年之前，就有一个少女为情爱立下如此坚强、如此惊天动地的誓言，这不只是“海枯石烂”，而是世界毁灭了。

即使世界崩毁，我爱你的心永远永远不会改变！是多么浪漫、热情、有力量，令人动容。

千年之后，放眼今世，还有几人能斩钉截铁地说出这么壮阔的誓言！

文学就是这样，短短的三十五个字，跨越时空，带着滚烫的热气，像是浓云中的闪电，到现在还让我们触电，仿佛看见一道强烈的闪光！

一句话也没说

这是最令人震动的情诗。

而最令人震动的爱情故事，我以为是司马相如和卓文君。

司马相如是汉朝的大才子，年轻的时候在梁孝王手下当文学侍从，当时写了《子虚赋》，闻名天下。梁孝王驾崩之后，他回到故乡成都，日子过得很艰难，几乎三餐不继。

临邛县令很欣赏司马相如，有一天，临邛的大富翁卓王孙宴客，县令邀请相如一起去参加。卓王孙家仅奴仆就有八百多人，庭园大到看不见边，说多豪华就有多豪华。

一身布衣的司马相如，完全无视豪侈的景象，自在地喝酒、自在地散步，看见院中有一把古琴，就随兴坐下来弹琴，非常潇洒。

卓王孙的女儿卓文君在附近听见动人的琴声，跑过来看，看见司马相如一表人才，一见倾心。司马相如则是天雷勾动地火，立刻爱上卓文君。

两人四目相望，一句话也没说。

夜里，卓文君悄悄来找司马相如，司马相如牵起她的手，穿过豪华广大的庄园，走出气派雄浑的大门，连夜跑回成都去了。

他们一毛钱也没带，甚至没有一件多余的衣服。

为了生活，文君只好在街上当垆卖酒，而大才子司马相如则跑堂、打杂、洗碗碟。

夜里，偶尔写写文章。

有一天，汉武帝偶然读到《子虚赋》，非常欣赏相如的才华，立刻派人到成都，把司马相如和卓文君接到长安，留在自己身边做官。

不用洗碗碟了，司马相如专心写作，后来又写了《上林赋》、《大人赋》、《长门赋》……成为西汉第一位伟大的文学家。

司马相如的文章就像他的爱情一样，恢宏、浪漫、壮美，令人目不暇接。

看看今天的人吧！谁有那样的勇气？一句话不说就能相守一生？第一次相见就为爱出走？对房子、车子、财富不屑一顾，只纯粹地去爱，去追寻。

读到司马相如和卓文君的爱情是在我的青年时代，时在阳明山，我在大雾弥漫的箭竹林里穿行，抬起头来，看着一只苍鹰在山与蓝天之边界，自在悠游。

我想着：如果有那么一天，我遇到一位一句话都不用说就能相守一生的人，我是不是能有司马相如那样一往无悔的勇气？我是不是能放下世俗的一切，大步向前？

经过三十年，我证明了自己也能一往无悔，大步向前！

那是因为我们都有文学的心，文学使我们不失去热情，有浪漫的情怀，愿意用一生去爱、去追寻、去完成更高的境界。

志在千里，壮心不已

历史上，最被人误解的文学家，应该是曹操。

由于《三国演义》把曹操写得狡诈，曹操就成为奸臣的代表，其实，他的才华远远胜过刘备和孙权，年轻的时候就立志结束分崩离析的乱世，使天下归于太平。

有一次，他出征打仗，路过渤海，站在碣石山上，看着浩瀚的大海，写了一首诗《观沧海》：

东临碣石，以观沧海。
水何澹澹，山岛竦峙。
树木丛生，百草丰茂。
秋风萧瑟，洪波涌起。
日月之行，若出其中。
星汉灿烂，若出其里。
幸甚至哉，歌以咏志！

看哪！那海上峙立的岛，是我的志向！那丰茂翠绿的草，是我的志向！那海上汹涌的巨浪，是我的志向！日月从海上升起，是我的志向！灿烂的星空倒映海里，是我的志向！我何其有幸看见这伟大的海洋，写一首歌来咏叹我的立志。

读到这首诗时，我刚步入中年，正在宜兰的海边，远望龟山岛，想到这个被误解千年的文学家曹操，他的胸怀是何等的宏伟巨大，如今读来，还让人震动！

因为心胸开展、意志坚决，曹操一直到老，仍有满腔热血，他说："老骥伏枥，志在千里，烈士暮年，壮心不已。"

由于他的文化素养，他教出两个了不起的儿子曹丕、曹植，父子三人被誉为"三曹"，是建安文学最经典的人物。

曹丕说得很好，他认为文章是经国的大业、不朽的盛事，人的寿命有限，富贵也如浮云，死后都会成空，只有文学会永垂不朽，具有长久的价值！

"三曹"去今久矣！但我们现在读到《观沧海》、《燕歌行》、《白马篇》、《洛神赋》，都还会感动不已！

我最喜欢曹丕说的"文以气为主"的见解，文学家都是不同的，各有性情和气质，文章风格自然不同，这是美好的事，不必抬高或贬低。

正如太康诗人左思说的："贵者虽自贵，视之若埃尘。贱者虽自贱，重之若千钧！"文章的贵贱，谁分得清呢？

天地为之久低昂

杜甫偶然看见公孙大娘的弟子舞剑，感动不已，写下了《观公孙大娘弟子舞剑器行并序》：

> 昔有佳人公孙氏，一舞剑器动四方；
> 观者如山色沮丧，天地为之久低昂。
> 㸌如羿射九日落，矫如群帝骖龙翔。
> 来如雷霆收震怒，罢如江海凝清光。
> ……

读之，令人低徊不已，杜甫透过诗歌，把公孙大娘弟子舞剑时，那种气势、动作、伸展、优美、力道……写到了极处，动的时候，威猛强过雷霆，停的时候，仿佛江海都静止了，连天地都为之低徊不已。

透过文字与想象，我们感到不可思议的美！

假设，当时有录影机或手机，有人录下公孙大娘的舞剑，传到 YouTube 网上，我们看了，会有杜甫那样的感动吗？

肯定不会，因为五色已经令我们目盲了，过多的平面的影像，使我们的感觉匮乏了。不管多么惊人的影像，再也无法激起我们的感动，再也不能了！

被贬为江州司马的白居易，有一个秋天的夜晚，他在浔阳江头送别朋友，突然听见江中的船上传来一阵琵琶声，后来他写成一首感人的长诗《琵琶行》：

千呼万唤始出来，犹抱琵琶半遮面。
转轴拨弦三两声，未成曲调先有情。
弦弦掩抑声声思，似诉平生不得志。
低眉信手续续弹，说尽心中无限事。
轻拢慢捻抹复挑，初为霓裳后六幺。
大弦嘈嘈如急雨，小弦切切如私语。
嘈嘈切切错杂弹，大珠小珠落玉盘。
间关莺语花底滑，幽咽流泉冰下难。
冰泉冷涩弦凝绝，凝绝不通声暂歇。
别有幽愁暗恨生，此时无声胜有声。
银瓶乍破水浆迸，铁骑突出刀枪鸣。
曲终收拨当心画，四弦一声如裂帛。
东船西舫悄无言，唯见江心秋月白。
……

白居易把琵琶忽快忽慢、时高时低、有时停顿稍歇、有时奔放飞扬的节奏,写得淋漓尽致,光是一首《琵琶行》就有多少名句:“千呼万唤始出来”、“未成曲调先有情”、“大珠小珠落玉盘”、“此时无声胜有声”、“唯见江心秋月白”!

如果有人当场录了音,转录到网络上,任人下载,我们听了,会有白居易那样的感动吗?

肯定也不会,因为五音已经令我们耳聋了,太多的泛泛之声,靡靡之音,已经使我们的感觉僵化了,再也不会有天籁那样的感动,再也不会了!

五色、五音,还有五欲,已经使我们的心发狂,我们无法透过文学来验证我们的想象力。

文学没落并不是我们发狂的原因,但文学没落确实使我们的心灵为之枯寂!

一直向往远方

在一个贫困而单调的年代,我生长在偏远又平凡的农村,那个年代,还没有电脑和网络,甚至连电视电影都没有。那个农村,缺乏任何影音和娱乐。

陪伴我长大的，只有很少数的文学作品和书报。

文学的情怀，使我在很年少的时代，就感到像《诗经》古诗那样的深情，相信世上有永恒的情感。

文学的情怀，使我养成了纯粹的心灵，像司马相如一样，无视庸俗与豪奢，无忌流言与蜚语，勇于追寻，一往无悔。

文学的情怀，使我能立志，志在千里、壮心不已，从青年到老年，一直向往森林、海洋、云彩、天空与远方！

文学创作是我生命的宝藏，使我敢于与众不同，常抱感动的心！回观我写作的四十年，我很庆幸自己是一个作家，以爱为犁、以美为耙、以智慧为种子、以思想为养料，耕耘了一片又一片的田地。

那隐藏着的艰难、汗水与血泪，是很少人知悉的。

“上海九久读书人”与人民文学出版社计划推出我的系列作品，九歌出版社的朋友希望我写几句话，思及自己的文学因缘，不禁感慨系之。

我和创作，不会离别

去年秋天，清华大学创校一百周年，邀请我去演讲。

一个学生问我："林老师，我们都知道您写了一百多本书，您有没有预计这辈子写多少书，您会写到什么时候？"

我告诉学生，我不知道今生会写几本书，但是，我知道我会写到离开世间的最后一刻。

我引用了《上邪》那首古老的诗：

山无陵，江水为竭，冬雷震震；
夏雨雪，天地合，乃敢与君绝！

文学创作就是我的"君"，除非世界绝灭，我和创作，不会离别。

二〇一一年初冬

台北外双溪清淳斋

自序

1

到屏东去找朋友，发现朋友家门前有一块广大的田地，种的全是空心菜，而空心菜全都开花了。

空心菜的花，花形与喇叭花相同，大小则像牵牛花，是纯白色的，白到一呵气就觉得会染上灰尘的那种晶明的白。一株空心菜不只开一两朵，而是上上下下开好几层的花，使得翠绿色的田园，因为那灵醒的白，显得无染而贞静。

这不是我第一次看到空心菜开花，但是看到如此盛大、繁华、缤纷的空心菜花却是第一回。

听朋友说，要使空心菜迅速且同时开花，有一个方法，就是移枝，在空心菜长大的时候，把母株剪成一节一节，另外种，第二次种成时再剪段插枝，经过三次，它就很快开花了。

“如果不移枝，会不会开花呢？”我问。因为我在台北种过很多空心菜，从来没有种到开花。

“会呀！不过时间就会晚三倍了。”

朋友的话使我陷入沉思，在这个世界，平稳安静的生活固然很好，但是经过不断的剪枝、移植、插种，有时却能更迅速地开花，可见生命的烦恼与变动，往往不是没有意义的。

我走入空心菜花盛开的园圃，闻到了从花朵、花梗，乃至土地内部所散发出来的清香，想到这世界有绝大部分的空心菜没有开花就离开了世界，在这个愈来愈失去理想主义色彩的时代，大部分人也像大部分空心菜一样活着，不知道自己也能开出纯洁晶亮的花，从来不能体知内在生命的价值与意义，糊里糊涂地在吃喝拉撒睡中过了一生，这真是非常可悲的呀！

朋友看我那么喜欢空心菜花，随手摘了一枝有五朵白花的空心菜，插在我前胸的口袋，这样，空心菜花的香更亲切了。

我心里想："如果人人都能把内在的花开出来，是多么地好！"

文明的创造、智慧的提升、艺术的辉煌，其实，只是经过不断剪枝移植，让内在的花从土地上开放出来罢了。

2

自屏东回来，临行的时候我向朋友说："很多年前我喝过恒春海边的港口茶，滋味到现在还未忘记，你帮我找找看，还能不能找到港口茶？"

隔几天，朋友亲自开车到恒春去找"港口茶"，寄来给我。

朋友告诉我，现在"港口茶"愈来愈难找了，因为住在港口附近的人，往往把这些长在自己土地上、被咸风吹拂的茶看成是“粗茶”，不太喜欢喝。而把从北部来的文山包种、冻顶乌龙、铁观音看成是“高级茶”，于是港口茶的土地愈来愈小，几乎快要停产了。

由于“港口茶”的产量有限，如果被外地的商人买了，一离开恒春，商人就会用别的茶叶和它混合，冒充港口茶，因此一离开恒春，就买不到纯种的港口茶了。即使是在恒春，因为茶种与烘焙技术不断改进，日渐精致化，将来恐怕喝不到有强烈传统风味的港口茶了。

从“港口茶”，我几乎看见了一个文化在发展过程中所面临的问题，我们看到所谓外来精致文化的侵略、商人的短视、文化交合混充的一些问题。

港口茶不是昔日的港口茶，台湾也不再是从前的台湾，人性在这里面洗涤、冲刷、动荡，台湾人的价值观正在一个转捩点上浮动挣扎。长久以来，我思考台湾人心灵的问题，正如喝港口茶一样，感觉到一种深切的苦味。

其实，“港口茶”一直是我很喜欢的茶，从我少年时代第一次在恒春海边喝到时就喜欢了，我喜欢那种苦尽回甘之感。特别是在夜里饮港口茶，到第二天清晨喉头还是甘香的，就觉得港口茶有一种卓然的、强悍之气，因为它经过海风的洗礼，所以能把向天地环境抗争的力量融入自己的本质之中。

这些天夜里我都喝着来自恒春海岸的港口茶，有时泡开了茶，把茶叶拿出来检视，发现那茶叶比一般的茶厚上一倍，这时我觉得发现了港口茶的某种心事，知道它在海岸山坡的恶劣环境中的奋斗，它仿佛在说 ：“只要我们的心情活着，就可以生存下去！”

3

与朋友走过一处地下道，见到四肢都齐根而断的人在乞讨，我很自然的，习惯性的，掏钱丢在他红色的塑胶盆里。

朋友说 :“你有没有想过,这个人没有四肢,怎么样走下地下道？”

我听了怔住了 ：“没想过！可能是用爬的吧！”其实在这样说时，我就知道不太可能，四肢皆断的人，怎么可能“爬”呢？

果然，朋友说 ：“不是用爬的，是有人抱他下来呀！等到晚上的时候，那抱他下来的人就抱他回去。”

“这有什么不妥吗？”我说。

“当然不妥了，抱他回去的人，不是把钱也带走了吗？难道说没有四肢的人还会抱钱走？”

接着，朋友告诉我，现在有一种人经营乞讨的行业，他们到处去找那些最可怜的人，像四肢残缺的、蒙古症的人，向他们的家里“租”用，一个月付多少租金，或者与他们的家人对半分，经营的人则负责接送和布点。

这段话使我们都沉默了，在午后无人的地下道中，感觉到阴森幽冷，使我为之心酸不已。走出地下道，看到一个手足不全的人在乞讨，我还是习惯性地把钱放进他的盆子里。

“你知道了，怎么还给？”朋友说。

“知道乞讨后面的真相，并不能作为停止布施的借口，何况这些真相并没有说明什么。”我说。

其实，我只是不能在乞讨者面前转头而去，悲悯是我生命的态度，我不太在乎这种悲悯是否会落空。

有人利用爱心行骗，有许多真正有爱心的人受骗，这不表示有爱心的人“无知”，也不表示有爱心的人“被利用”，我们不应该这样就指责爱心。在这个冷漠的时代，我们应该鼓励人的悲悯，而不是以少数人的恶来雪上加霜；在这个自私的时代，我们应该鼓励爱心的布施，而不是劝阻人布施。

那些甚至不能爬行的人，在走过他们的当刻，我只是不忍，不会想到他如何被利用，在那一刻，我的给是纯净无染的，就是那样的一刻，也就够了。

4

在我们的时代，有一些抽象的东西正在褪色，例如正义、良知、道德、关怀、爱情、友谊、理想、奉献等等，虽然人是更有钱了，人可能住更大的房子、开更好的汽车了，可是人不快乐、人的身心不能安顿，最紧要的原因是，人日渐地被世界所奴役了。

其实，那些看来抽象的品质，与物质世界是没有分别的，就像太阳与光明、茶叶与茶水、海洋与波浪、森林与树木、歌者与歌声等等，不一不二，非一非二。那么，为什么我们觉得现代世界的太阳没有想象的光明？为什么这个时代的茶水没有从前的有滋味？确实是值得深思的。

感受到时代的变迁，使很多人渴求着彼岸、天堂，或者极乐世界；使更多的人沉沦于现实声色的征逐之中。很少人想到只要人能中止游荡，就能安坐家中；能安坐家中，就是安住彼岸了。

世界虽然在改变，人性却是千古不易的，人的有限与渺小也不可能改变，如何从现代世界的切面中去看见人的意义、生的价值，乃成为渴望着智慧的人心中的标杆。

我的《心的丝路》大致上是依循这样的思考：就是面对现实世界，来思考人如何能安顿身心，做世界的清流，乃至于自我完成、完成世界。

文章采用书信体，本来是写给少年朋友的信，但不只是为少年而写，可以说是人生的思考录，想到我们的祖先不只创造了贸易的丝路，也创造了文明的、艺术的、理解与沟通的丝路，是不是我们也可以创建一条心的丝路呢？这样想，使我每天走在台北街头，看到人们茫然的表情，都不禁感到怃然。

一九八九年十二月十九日

台北市永吉路客寓

活出美感

今天我和一位朋友约在茶艺馆喝茶，那家茶艺馆是复古形式的，布置得美轮美奂，里面有些特别引起我注意的东西，在偌大的墙上挂着老式农村的牛车轮，由于岁月的侵蚀，那由整块木板劈成的车轮中间裂了两道深浅不一的裂缝，裂缝在那纯白的墙上显得格外有一种沧桑之美。

亮亮，从前我没有告诉过你，我的祖父林旺在我们故乡曾经经营过一座牛车场，他曾拥有过三十几部牛车，时常租给人载运货物，就有一点像现在的货运公司一样。我那从未见过面的祖父就是赶牛车白手起家的，后来买几块薄田才转业成农夫。据我父亲说，祖父的三十几部牛车就是这种还没有轮轴的车轮，所以看到这车轮就使我想起祖父和他的时代，我只见过他的画像，他非常精瘦，就如同今日我们在台湾乡下所见的老者一样，他脸上风霜的线条仿佛是现在我眼前牛车的裂痕，有一种沧桑的刚毅之美。

这一点土卖二十元吗？

茶艺馆的桌椅是早年台湾农村的民艺品，古色古香，有如老家厅堂里的桌椅，还有橱柜也是，真不知道他们如何找到这么多早期民间的东西，这些从前我们生活的必需品，现在都成为珍奇的艺术品了，听说价钱还满昂贵的。

在另一面的墙角，摆着锄头、扁担、斗笠、蓑衣、畚箕、箩筐等等一些日常下田的用品，都已经是旧了，它们聚集在一起，以精白灿亮的聚光灯投射，在明暗的实物与影子中，确实有非常非常之美——就好像照在我们老家的墙角，因为在瓦屋泥土地上摆的也正是这些东西。

我忽然想起父亲在田间的背影，父亲年轻时和祖父一起经营牛车场，后来祖父落地生根，父亲也成为地道的农夫了，他在农田土地上艰苦种作，与风雨水土挣扎搏斗，才养育我们成人。父亲生前每一两个月就戴坏一顶斗笠，他的一生恐怕戴坏数百顶斗笠了，当然那顶茶艺馆的斗笠比父亲从前戴用的要精致得多，而且也不像父亲的斗笠曝过烈日、染过汗水。

坐在茶艺馆等待朋友，想起这些，突然有一点茫然了，我的祖父一定没有想到他当时跑在粗糙田路的牛车轮会神明似的被供奉着，父亲当然也不会知道他的生活用具会被当艺术品展示，因为他们的时代过去了，他们在这土地上奉献了一生的精力，离开了世间。他们生前没有受过什么教育，不知道欣赏艺术，也没有机会参与文化的一切，在他们的时代里只追求温饱、没有灾害、平安地过日子。

亮亮，记得我对你说过，我父亲到台北花市，看到一袋泥土卖二十元的情况吗？他掂掂泥土的重量，嘴巴张得很大："这一点土卖二十元吗？"在那个时候，晚年的父亲才感觉到他们的时代已经过去了。

是的，我看到那车轮、斗笠被神圣供奉时，也感叹不但祖父和父亲的时代过去了，我们的时代也在转变中，想想看，我在乡下也戴过十几年斗笠，今后可能再也不会戴了。

发财三辈子，才懂得生活

朋友因为台北东区惯常的塞车而迟到了，我告诉他看到车轮与斗笠的感想，朋友是外省人，但他也深有同感。他说在他们安徽有句土话说：“要发财三辈子，才知道穿衣吃饭。“意思是前两代的人吃饭只求饱腹、衣着只求蔽体，其他就别无要求，要到第三代的人才知道讲究衣食的精致与品味，这时才有一点点精神的层面出来。其实，这里说的“穿衣吃饭”指的是“生活”，是说：“要发财三辈子，才懂得生活。”

朋友提到我们上两代的中国人，很感慨地说：“我们祖父与父亲的时代，都还活在动物的层次里，在他们的年代只能求活命，像动物一样艰苦卑屈地生活着，到我们这一代才比较不像动物了，但大多数中国人虽然富有，还是过着动物层次的生活。在香港和台北都有整幢大楼是饭馆，别的都不卖。对我们来说，像日本那样十几层大楼都是书店，真是不可思议的事；还有，我们二十四小时营业的不是饮食摊就是色情业，像欧洲很多书店二十四小时营业，也是我们不能想象的。”

朋友也提到他从前结婚时，有一位长辈要送他一幅画，他吓一跳，赶忙说：“您不要送我画了，送我两张椅子就好。”因为他当时穷得连两张椅子也买不起，别说有兴致看画了，后来才知道一幅画有时抵得过数万张椅子。他说：“现在如果有人送我画或椅子，我当然要画，但这已经是二十年的事了。我们年轻时也在动物层次呀！”

我听到朋友说“动物层次”四个字，惊了一下，这当然没有任何不敬或嘲讽的意思，我们的父祖辈也确实没有余力去过精神的生活，甚至还不知道他们戴的斗笠和拿的锄头有那么美。现在我们知道了，台湾也富有了，就不应该把所有的钱都用在酒池肉林、声色犬马，不能天天只是吃、吃、吃，是开始学习超越动物层次生活的时候了。

超越动物层次的生活不只是精致与品味的追求，而是要追求民主、平等、自由、人权的社会生活，自己则要懂得更多的宽容、忍让、谦虚与关爱，用最简单的说法：“就是要活出人的尊严与人的美感。”这些都不是财富可以缔造的（虽然它要站在财富的基础上才可能成功），而是要有更多的人文素养与无限的人道关怀，并且有愿意为人群献身的热诚，这些，我觉得是台湾青年最缺乏的。

从茶艺馆出来，我有很多感触，但因与另外一位成功的企业家有约，就匆匆赶去赴约。到企业家的家使我更加深先前的感触，他住在一幢极豪华的住宅，房子光是装潢就花掉几百万，他家里有两架极大的电视机，可能是七十吋的样子，可是这企业家客厅墙上竟挂着拙劣不堪的外销画，还有一幅很大的美女月历，他对美感几乎是盲目的，连桌子茶杯都不会挑选，看见他家的每一样东西都让我惊心动魄。真可怕呀！这些年来，我们的社会造就许多这样对美感盲目、人文素养零分的企业家！可见有些东西不是金钱能买到，有些有钱人甚至买不到一只好茶杯，你相信吗？

人文主义的消退和沦落

我曾到台湾最大的企业办公室去开会，那有数万名员工的大楼里，墙上没有一幅画（甚至没有一点颜色，全是死白），整个大楼没有一株绿色植物，而董事长宴客的餐桌上摆着让人吃不下饭的恶俗塑胶花，墙上都是劣画。我回来后非常伤心，如果我们连四周的环境都没有更细致优美的心来对待，我们怎么可能奢谈照顾环境、保护资源的事呢？这使我知道了，有钱以后如果不能改造心胸、提升心灵层次，其实是满可悲的。

当然，每个社会都有不同的困境，最近，美国有一本畅销书《美国人思想的封闭》(*The Closing of the American Mind*)，是芝加哥大学教授艾伦·布鲁姆 (Allan Bloom) 写的，他批评现在的美国青年对美好生活不感兴趣，甘愿沉溺在感官与知觉的满足，他们漫无目标、莫衷一是、男女关系混乱、家庭伦理淡薄、贪图物欲享受，简直一无是处。简单地说是：美国青年的人文主义在消退和沦落了。

套用我朋友的安徽俗语是："发财超过三辈子，沉溺穿衣吃饭了。"美国青年正是如此吧！

但回头想想，我们还没有像美国有那么长的安定、那样富有的生活，在民主、自由、平等、人权上也差之远甚，可是我们的很多青年生活方式已经像布鲁姆教授笔下的美国青年了，甚至连很多中老年人都沉溺于物欲，只会追求感官的满足。另外一部分则成为金钱与工作的机器，多么可怕呀！

亮亮！有空的时候不妨到台北市的长春路走走，有时我想，全美国的理发厅加起来都没有台北长春路多。也不妨到西门町走走，你在世界任何城市，都不可能走一千公尺被二十个色情黄牛拦路，只有台北才有。也不妨到安和路走走，真真栉比鳞次的啤酒屋，全世界没有一个国家的人民像我们这样疯狂纵酒的……美国人在为失去人文主义忧心，我们是还没有建立什么人文主义，就已经沉沦了。想到父祖辈的斗笠、牛车轮、锄头、蓑衣、箩筐这些东西所代表的血汗与泪水的岁月，有时使我的心纠结在一起。

走过牛车轮的时代

是不是我们要永远像动物一样，被口腹、色情等欲望驱迫的生活着呢？难道我们不能追求更美好的生活吗？

亮亮，有些东西虽然遥不可及，有如日月星辰的光芒一样，但是为了光明，我们不得不挺起胸膛走去，我们不要在长春路的红灯、西门町的黑巷、安和路的酒桶里消磨我们的生命，让我们这一代在深夜里坚强自己：让我们活出人的尊严和人的美感。

给你说这些的时候，我仿佛又看见了茶艺馆里聚光灯所照射的角落，我们应该继承父祖的辛勤与坚毅，但我们要比他们有更广大的心胸，到底，我们已经走过牛车轮的时代，并逐渐知道它所代表的深意了。

让我们以感恩的心纪念父祖的时代，并创造他们连梦也不敢梦的人的尊严、人的美感。

梦之祭典

“先生，南澳到了，南澳到了。”我身边的少年摇着我的肩膀，用急切的声音唤醒我。我对他说谢谢，先前我请他到南澳时叫醒我，然后我就安心地睡去了。

客运车到南澳站停下时，我并没有下车，少年用不解的眼神看着我说：“你不是要在南澳下车吗？”

“不，我要到东澳，请你在南澳叫醒我，是因为我希望在南澳与东澳之间保持清醒。”

“喔，你特别喜欢这一段路的风景吗？”少年问着。

我点头称是，其实并不特别是这样，但解释起来是非常麻烦的，少年也不会懂。我第一次到南澳，是少年一般的年纪，那时对社会与人群充满了奉献的热情，我是参加一个山地服务队来的，参加这种队伍的同学都是有着远方的梦想的人，一般的社团所享受的是权利，山地服务队所享受的是义务。

记忆中一朵五彩的花

南澳到东澳这一段路，是我奉献出少年热情的第一次，它在我的记忆中是一朵五彩的花，我每次在真实人生中遭遇冷漠与挫折时，那朵花会不知不觉地从记忆中开放出来，是的，我年轻的时候可以为了对人生理想的向往，完全地牺牲自己，现在的我，生命的基调并未改变，何以就不能在充满冷漠的世界，保持一己的热情？何以就不能在充满恨意的人群中，保持一己丝毫没有恨意的爱呢？然后，我就像坐在年轻时那朵五彩花之上，开向湛蓝的天、洁白的云，接受着只有高处才有的清凉而温柔的风。

在东澳下车，东澳小站的景致并没有太大的改变，仍存留着当年天真与朴素的气息，我漫无目的地在街道上走着，感觉到时光真是奇妙，时光固然无情，它往往会把一个社会一个时代无声地抛弃在它的轨道，但有时走在轨道上，我们会发现时光又回来了，陪伴着我们在记忆的铁轨上散步，并倾听我们曾经江湖寥落的声音。

我的东澳已经流走了，虽然我现在走在街上，我知道这已不是我的东澳了。当年与我一起到东澳的朋友已经星散，有的天涯流浪、有的儿女成行，大部分已经不通音问了，不知道他们可有重回旧地的经验。不过可以确定的是，如果他们回来，必然会像我现在这样，有一点点迷茫、一点点忧伤，以及一些重回记忆的喜悦。

绕过东澳国民小学，背后就是山了，我依循着记忆的海岸寻找从前的山路，然后就听见山涧的水声了，那水声虽然轻微，却是十分响亮，是从远处就一路呼唤过来的。正是野姜花与野百合盛开的季节。我很高兴经过这许多年，山里的花并未被采尽，这使得林子里除了草气，还有花的香味在其中流动。

从前，我们给山地孩子做完课业辅导后，这条山涧是我在黄昏最爱散步的地方，有时会有几个孩子陪伴我一起来，介绍我认识他们家乡里优美的山水，还有的孩子会采下百合和野姜花送给我，他们给我的花总使我感动，那里面有孩子无私的爱。

流水中美丽的花瓣

山地的孩子一般说来都是非常寂寞的，他们的父母通常会经历几次婚姻，而且为着最基本的生活，终日在外面劳苦地工作，有些做海员或卡车司机的父亲要一年半载才会见上孩子一面，因此山地的孩子就像山里草丛间的鹌鹑或林间飞跃的松鼠。幸而有这么秀美壮丽的大地抚育他们，弥补了他们在亲情方面的缺乏。

我如今走在山溪涧的小路，眼前就浮现那一双双黑白分明、美丽无比的大眼睛——山地人的眼睛是那么美丽，从他们是孩子一直到老去，总有一对晶明的眼睛——我想到十七年前那些我的小朋友们，现在，一定都是孔武有力的青年和亭亭玉立的少女了，可是在这个动荡悲哀的世界里，他们是怎么样去走自己的路呢？

亲爱的亮亮，从我的青年时代一直到现在经常思考的问题，就是如果这个社会对少数、弱小者、被遗弃的人多付出一些爱、关怀与责任，就会减少许多无辜的人走上悲惨的道路。我在二十岁的时候，曾到育幼院去义务教导孤儿读书、陪伴残障的孩子游戏；曾到少年监狱去倾听少年犯罪者如何步上邪曲的道路；曾到许多山地乡去义务服务，正是基于这样的信念。

可是如今回忆起来，青年时那样付出的爱，仿佛都是流水中美丽的花瓣，短暂而漂浮，这个社会并未因我们的奉献付出而改善，反而有日益颓废堕落的倾向。我知道，现在还有很多热血青年走上我当年的路，他们牺牲自己的假期与娱乐，希望对社会能有所贡献，但他们到了我这年纪回顾起来，心中又会有什么感触呢？

有一次在台北一家大饭店有喷泉的中庭里，我和一些中年的朋友喝咖啡，我谈起年轻时每个寒暑假都去做社会服务，尤其是在南澳东澳的一个月给我的生命带来许多深刻的启示。

无私的实践与付出

一位朋友说："你有没有想过当年教过的小孩子现在在哪里呢？我告诉你，有一些女孩现在在都市的某些角落，出卖肉体；男孩呢，一些在建筑鹰架上做粗工、一些在远洋渔船做船员、一些在搬家公司每天帮别人搬着昂贵的家具……"他说了许多现在山地青年真实的处境，带着中年男子惯有的世故冷静的分析。我没有回答什么，只是陷进一种忧伤里面，以沉默来抗辩着。

另一位朋友帮我解围说："并不是每一位山地的孩子命运都是那么悲惨的，像李泰祥、胡德夫、施孝荣……不都是这个社会的中坚吗？"

前面的朋友说："我说的不是这一部分呀！我要说的是大学生下乡的这一部分，到山地去服务的大学生，尤其是女大学生，都是爱心泛滥找不到出路的人，你们到山地服务，并不是真正去帮助山地孩子，而是在肯定自己的价值，寻找自己情感的定位，这是一种情结，到山地服务，对于去服务的人比起被服务的人意义要大得多呀！”朋友说完后，吐出一阵浓浓的烟，我们都随着那阵往大楼天顶飘去的烟，陷进了沉默。

朋友的话不是没有道理，想一想，我们青年时代，对这个社会的名利、权势、斗争，甚至整个社会的生存竞争与黑暗法则都没有认识，那时我们可以不计一切利害地投身到一般人认为没有意义的工作里，这一方面是在为人群服务，一方面何尝不是作自我价值的肯定呢？等到我们长大了，真正接触了这个社会，我们的价值观改变了，我们的热情冷淡了，我们远方的梦被近在眼前的现实改变了，我们就变得再也不可能那样子去付出、去实践！

正如朋友说的：“一个做官的人在写一行字的时候，比起你们千万个大学生到山地去服务，力量还大得多。”

真的是如此吗？那么，做官的人不会是大学生吗？不会是年轻人吗？不会怀抱救世之志与淑世的热情吗？这些答案都是肯定的，可是为何我们还不能真正来关心、解决弱小者悲剧而命定的道路呢？

自在放怀的盛开

亲爱的亮亮，我从不曾否定年轻时代的奉献，因为那时最纯真，没有一丝杂质，就仿佛从水晶矿脉中挖出来最美丽的紫水晶，虽不免有各种棱角，却是最耀眼的从内部深处亮出光彩，即使在夜色中也不会被淹没。但更重要的是，应让这热情永不失去，从学校毕业后，难道我们就不能一如当年，继续无私地为人群的幸福献身吗？也许，千万个大学生的热情还不如官员的一行字，但在热情埋种的时候，我相信，埋种的人与被埋种的田地，同样能感受到人或者天地的温情。

也许，我们不能转动世界，但，亮亮，我们纯真的情操不应随世界的黑暗转动。就像这一刻我在山中独自行走，我肯定了一点：假如在人生的道途上，我们找不到更好或相等的旅伴，我们宁可单独前进，也不要与愚痴冷漠的人作伴，让自己也成为愚痴冷漠的人。

我摘取了一株盛开的野姜花，并仔细地品味着那孤傲的浓挚的香气，我知道，纵使全世界的人都不能欣赏这株野姜花，它也一样会在山林中自在放怀地盛开，扬散自己的香，不怀一丝遗憾。我从前写过两句话给你：“有麝自然香，何必当风扬？”若我们心中自有麝香，不必把这香站在风头洒出，期待这世界的人都能闻到呀！

黄昏的时候，我回到小街找到一间洁净的旅舍住宿，有床铺、有浴缸和马桶，这令我想起十七年前住的旅店，八人一间，房间内充满着汗水与血泪岁月交织的酸臭味，墙壁上血迹斑斑，是蚊子与臭虫被拧死留下来的血迹，洗澡是在室外的古井边，几个人围成一圈，在寒风中把水打上来冲洗年轻而洁白的身躯，那间旅舍住着各式各样劳苦的人，每天的住宿费是新台币十元，我到现在还清清楚楚记得那时的景况，如今想起来，是多么令人怀念呀！那样简陋的旅舍，如今在偏远的东部，也像梦一般，再也寻找不到了。

在我心中有许多星星

刚刚我到街上去散步，海风从不远的海边吹来，街上的人都已经关灯睡觉，一条街突然大了好几倍，变得空旷而广渺起来，满空的星星明亮着，细细的光明洒落在小路与山林之间。我站在街路的正中央，想到自己走过的路就像这东部海岸的小路，空旷而广渺，但我深切地知道，在我的心中有许多星星，永远为我照路。

亲爱的亮亮，我现在洗过一个热水澡，坐在旅舍的小桌旁给你写信，虫声与蛙鸣为我伴奏，在夜色的远山之中，我永远都会记得山里有我年轻时的梦，这一次回到东澳，就仿佛是为我的青年时代做一次丰年祭，我们从幼小到成长的岁月总会过去的，那过去的岁月就像昨夜的梦、去年的残雪，伴着热血所弹奏的琴声，琤琤琮琮的在溪水里流得远了。

但，如果我们青年时代舍不得付出，到壮年中年，甚至老年时代，我们面对这广大的天地，我们是不是能平心静气地说“该走的路，我已走过”呢?

我耳畔想起当年丰年祭时，山地人热情澎湃的鼓声与歌咏，山地人的祖先曾在这块土地流血流汗，与恶劣的环境抗争，与我们可敬的祖先一样。可是他们的鼓声日弱，歌声渐远，我们应该如何来与他们并肩，创造一个平等、和谐的时代呢?

亮亮，有时只是抬头看着山线、海线、地平线，我的心就会起伏不已，你还如此年轻，你能理解吗?

飞翔的翅膀

“放下过去的烦恼，不担忧未来，不执着现在，内心就会平静。”

“没有贪爱和憎恨的人，就没有束缚。”

“只要是醒着，无论行、住、坐、卧，一个人就应该保持慈悲的胸怀。”

“在这个世界上，永远不可用仇恨来止息仇恨，仇恨只可以慈爱来止息。”

“胜利者招来怨恨，失败者生活在苦恼中，宁静的人舍弃胜败，所以平安幸福。”

“变化和无常是生命的特征。”

“平等地对待每一个人，不论其贫富或贵贱。”

“当一个人的言谈和举止怀着良善动机时，快乐便像影子般地跟随他。”

“在急躁的人群中要容忍，在凶暴的人群中要温和，在贪婪的人群中要慷慨。”

“约束自己以后才能约束别人，约束自己是最难的。”

“不要在你的智慧中夹杂傲慢，也不要使你的谦卑缺乏智慧的成分。”

“朋友的谄谀会败坏一个人的品德，同样的道理，敌人的侮辱有时也能矫正我们的错误。”

“从今天开始，一个人应当努力改进心智，因为我们从来不知道什么时候死亡。”

春天的发芽是可期待的

亮亮，这是我从正在读的一本书上抄来的格言，现在录下来寄给你，都是有关于修身的，我从少年时代就喜欢读一些格言、语录、文抄。虽然常常随读随忘，不过，我常把它们写在一本小册子，随身携带着，偶尔拿出来翻翻，感觉到身心都得到了清洗，尤其是在人世里遭到挫折不能排遣的时候，或者心情恶劣的时候，展读时就让人的心仿佛沉静下来。

一个人的心如果能在极度波动时，自己有能力沉静，就可以让我们看清有一些波动并不是那么严重，而是可以化解的，那么，我们就不会太容易被生活的挫败所击倒，就好像即使在冬天萎落的黄叶中，还知道春天的发芽是可期待的。

伟大的禅师云门文偃曾说过一句很有智慧的话：“日日是好日。”日日是好日乃不是说天天都是阳光和煦的春天，而是每天让自己的心像温暖柔和的春阳来观照对应这个世界。还有禅宗四祖道信禅师在被问起“什么是佛”的时候，他说：“快乐无忧是佛。”这与“日日是好日”一样，我们都知道一个人的生命历程不可能完全顺遂，因此“快乐无忧”不是一种生命顺境的追求，而是内心平静的自我回归，当一个人能像大海一样容受一切风雨波涛的时候，又何惧于生活中的小风小浪呢？

可是支持我们“日日是好日”、“快乐无忧是佛”的信念，有时是来自从前的圣贤从智慧心田留下的花朵，就是我们所说的“座右铭”一类的东西，如果一个人在他的座位之侧竟没有一句语言支持他，他甚至很难去坚持一个小小的理想。我从前当报社记者的时候，曾经访问过数百位在社会上被认为是成功者的人，发现这些人都有座右铭，都有他们所深信不移的信念与理想，可知座右铭虽是短句，却往往涵容了生命极大的动力——这种动力很有历史感与时间感，从前有许多人因这些话得到益处，这些千锤百炼而不失光芒的话，同样也能给我们益处。

可惜的是，年轻人多少有叛逆的性格，往往不喜欢固定成规的东西，把它们都视为是八股、古董、僵化、保守、单调、呆板，反而不能累积智慧，总要撞得头破血流才知道：呀！原来在历史和时间之流中的许多东西不是无用的！

不断波动与抗争的身心

我读书的时候有一位同学，他的口头禅是："有规定吗？"他不喜欢一切成规，自视甚高，甚至认为世界必然会在他手里改革。例如，他去吃西餐，别人总是先喝汤、吃沙拉、吃牛排、甜点，最后才喝咖啡，但他偏爱先吃牛排再喝汤，如果有人告诉他："西餐不是这样吃的。"他立刻两眼一翻说："有规定吗？"然后再补一句："谁规定的？"

上课的时候，他穿着内衣、短裤、拖鞋就到学校了，如果有人告诉他到学校这样不好看，他立刻两眼一翻："有规定吗？谁规定的？"

打篮球的时候，他把球抱在胸前，跑五六步去上篮，有人告诉他上篮只能跑三步，他也是一样："有规定吗？谁规定的？"

有一次，他住在乡下的老母亲来看他，他对母亲粗声粗气、又吼又叫，他母亲回去后，我对他说："你对妈妈不应该这样子呀！"他说："有规定应该对母亲什么样子吗？"那一天我气得七窍生烟，想不通世界上为什么会诞生出这样的人。

有一些行为，固然这个世界没有规定，可是如果一味地去做，却会伤害自我，成为人人眼中的怪物，使自己的身心失去平衡和谐。当然，也没有人规定一个人的身心一定要平衡和谐，可是一个人在不断波动与抗争的身心中，不正是一步一步走上绝路吗？

最近，有一家"司迪麦口香糖"的广告很受年轻人欢迎，也在广告界引起很大的争议。有一位学生行为不检，被学校退学了，他的女朋友问："你以后要怎么办？"他说："管他的，先来一粒司迪麦吧！"在教室里有许多垂死的鸭子，学生受到压力，然后说："来一粒司迪麦吧！"

一个上班族的女性，在办公室中受到男同事的性骚扰，惊魂未定地回到家里，一只怪手搭在肩上，她大吃一惊回头，男朋友拿一条口香糖说："来一粒司迪麦吧！"还有，一个少年躺在黑暗的地上，遍体鳞伤，突然跃起冲破一道围墙，旁白说："拿掉你心中的黑影子，来一粒司迪麦吧！"

不想和世界争辩了

我们看这些简单的口香糖广告，会以为司迪麦是仙丹一样，可以解决人生的一切困境，天大的难题，只要吃一粒口香糖就化解了。

不只是司迪麦吧！有一个咖啡的电视广告，是一个母亲恶狠狠地责备趴在桌上睡着的女儿，一个男孩子推车到一个咖啡的霓虹灯下，旁白说："不想和世界争辩了！"（这广告的反面思考是：世界何尝愿意和你争辩呢？而且，不想争辩也不一定要半夜出来喝咖啡，又充满了落寞的神情呀！）

还有一个"黑松沙士"的广告，背景的歌是这样的：

你是不是像我在太阳下低头
流着汗水默默辛苦地工作
你是不是像我就算受了冷落
也不放弃自己想要的生活
我知道
我的未来不是梦

画面是一个衬衫雪白、高大英俊的加油站工人（世界上没有加油站的工人能维持这么干净），为开着跑车的美女修车，流了一身晶莹的汗水，坐在豪华奔驰轿车上的大老板看到这位青年如此优秀，从窗口递一张名片给他，他的同事围过来羡慕地看着他手中的名片，他喜不自胜地打开一罐黑松沙士，背景正在唱“我的未来不是梦”。

另外一个饼干广告，是少女在一天的忙碌后回到家，打开抽屉的饼干说：“现在，留一点自己给自己吧！”

以上都是近来大家公认的出色广告，但可忧虑的是，他们都有一个共同的意识形态，就是告诉我们：“在这个世界，不必活得太认真！”吃一粒口香糖就可以解决人间一切的挫败与烦恼，拿到一张有钱人的名片就会使人的未来不是梦，这是一种什么样的意识呢？但有这样的广告，正反映出这个社会的青年普遍的一种向往，就是把事情简单化、幼稚化，并且希望不经由长久的理想坚持、依靠别人的提拔而一步登天。

在悲欢中看世界的美丽

亲爱的亮亮，这个世界虽然是不尽完满的世界，却是现代青年不可逃避的世界，与其逃避世界而得到暂时的凉意（司迪麦或黑松沙士），还不如真实地面对世界，才更有幸福的可能。（当然，这个世界也没规定人都要追求幸福，但幸福不是人非常自然的渴望吗？）

一切人间的困境之解除，远非外在环境的简化与逃离就可以达到，而是要开展一个更大的心灵视野，维持在真实对应中有心的高点，只有当一个人（尤其是青年）能有更高超的人格与坚持理想的毅力，才可以真正地睥睨人生，不被挫败所戕伤。我刚刚提到历史感与时间感，这一点很重要，当我们认识到人生是一个不断的连锁反应时，培养出对自我历史与自我时间的掌握，才不会被片段的人生逃离所迷惑。

好了，话题好像扯得远了。我前几天到一个山上去看人飞翔滑翔翼，有一些两边都装着翅膀的青年，他们满头大汗地奔跑，就像放风筝一样，跑一段路后滑翔翼就起飞了，我看到他们流汗、欢呼、鼓掌，然后在空中的人破风而去，用满足的神情看着万丈红尘的世界。亮亮，那时候我深深地被感动了，虽然我没有在滑翔翼上，但我仿佛也看见了身下开阔的红尘世界，这世界有着空气污染、人心堕落、欲望横流、冷漠败德的种种缺失，但若我们有一副够坚强的翅膀，我们仍然能用欢呼鼓掌的眼睛来俯视它，我们的心若在高点，还是可以在悲欢中看到世界的美丽——最美的眼睛，是流过泪的眼睛；最优越的心灵，是被忧欢洗礼过的心灵。

远方，并不太远！

看着滑翔翼飞翔的时候，我想到，从前的人的智慧（包括我们的父母、兄长、长辈）就像我们心灵的翅膀，可以把我们心的世界带到高点，他们给我们的格言、座右铭就像装了铁架的翅膀，可以乘风破浪，在动摇中飞向远方。远方的希望固然遥远，但给自己一副翅膀，不就飞得更高更远，使它不再是梦了吗？

亮亮，我童年时代有一段时间，住在铁道旁边，最喜欢的游戏是俯身把耳朵贴在铁轨上，听着远方开过来的火车声音，以及当火车开过去，把脸颊贴在轨道，感受铁轨的热度，心里最期待的是，希望有一天也能搭着火车到远方去。我第一次坐火车到北部时，在车上竟热泪满眼。

远方，很远；但对一个有远方希望又装了心的翅膀的青年来说，远方，也不太远！

心的丝路

把车窗拉开，关渡平原的风带着春天的凉意，吹进车子里，我把眼睛闭上，感觉着风的温度与速度，在车厢里流荡的风，使我仿佛穿过了时空，回到了牛仔裤与白球鞋的少年时代。

这是北淡线由台北开往淡水的小火车，在梅雨季节的午后，乘客非常稀少，并且所有的人都很沉默，在安静中，我们就更清楚地听见火车响动的声音，我这时的心情有如火车的声音，带着无意识而规律的节奏。想起这条铁路不久就要停驶，使我的心犹如天空飘飞的雨丝，有一点濡湿、一点忧伤。

通向另一个文明的远方

不知道为什么看见报纸说北淡线火车要停驶时，使我有点失落的怅惘，好像即将要失去一些永远要不回来的宝物。原因是，这一条铁路曾经盛载了我年轻时代的一些心情，以及我对文学秘密向往的心事。我把北淡线的火车当成是我心里的丝路，它通向另一个文明的远方。

十七年前，我从乡下的农田来到这个都市，虽然都市里热闹的环境是我自小就向往的世界，但在黑夜的街头，我走在霓虹灯闪烁的夹缝里，与冷漠而陌生的人群擦肩，我总感到异常的茫然，然后我就会思念起我的家乡，南台湾耀眼的绿、炙热的阳光、累累的香蕉树，以及流汗的播种、收割的欢呼，这些，使我感受到自己是这个城市里孤寂的人，好像自己的心在人河中四处流窜，找不到一个安住的定点。

在表面热闹的城市里，有许多人像孤魂一样地活着，我正是其中之一，我们走在百货公司光洁的橱窗之前，会看见自己的脸模糊地映照着；我们回到住处，把音响的声音开得极大，却发现在音乐停顿的刹那间，寂寞充塞在其间。

我少年时代刚到台北那一段时间，真是活在无边孤寂的世界，爱情、友谊、学校的活动似乎都不能触及我隐秘而孤寂的那一个角落，我觉得在同学间流行着的爬山、郊游、舞会、烤肉、露营都是俗气而虚浮的，自己似乎应该站在更高的位置。如果用别人的话说，我少年时代是很“傲气”的，但是我不确知，我的傲气是来自自恃天才、自负，或者心灵的孤寂。

要如何纾解自己孤寂的心呢？我把大部分时间用来做创作的工作，在我的小房间里，我时常写作、画画到天亮，假日的时候，我就跑到街市中去拍照，捕捉人的表情；自己存钱买十六厘米的胶卷去拍实验电影，把无声的电影打在白色的墙壁，自己坐在地板上看得脸孔因兴奋而发热；把吃饭的钱存下来，买“国父纪念馆”最后一排的位子看表演、听音乐会。

找心灵孤寂的出路

与其说是我在找创作的出路，还不如说是我在找心灵孤寂的出路，我从前最常去的两个地方，一个是台北故宫博物院，我时常带着两个馒头一壶水进故宫，看看祖先为我们创造的文明，早上开门时进去，出来时就已经黄昏了。一个是历史博物馆，在边厢里叫一杯清茶，看着满池的荷花，摊开稿纸写作，一直写到历史博物馆打烊，然后我就一个人忧郁地在植物园漫步，看着高大的树木下与我一样孤单的植物的名牌。

后来有一次到淡水去看高中时代的朋友，发现了这一条北淡线，就时常一个人来搭火车，到淡水吃鱼丸汤，或在海边散步，或到市场的龙山寺喝老人茶，或到街边破落的古董店流连，或坐渡轮到八里去，然后坐渡轮回来。我的背包里往往带着喜欢的书、一枝笔、一本稿纸，在淡水盘桓一天回来，就感觉心灵因清洗而澄明起来。我少年时代的作品，有很多是在龙山寺的老人茶桌上写出来的。而年轻的心、不平的情、不平的气，就在火车开动的声音中得到了纾解。

我那时甚至疯狂地想，希望自己日后能娶到一位淡水或八里的女子，这样我就可以经常坐北淡线火车去看她、去认识她的家人。

我把这条北淡线的火车当成是我秘密的丝路，或思路。这条路使我怀念着家乡运甘蔗的小火车，它们都是穿越重重的田园，带着我们去天空海湄的梦想。有时候我也用丝路让好朋友分享，后来我常常和朋友去坐北淡线，一直到我在社会上做事了，仍然如此。

立志从事对人心灵有益的工作

虽然，在这十几年来，我眼见了淡水的许多改变，例如龙山寺改建了，老人茶失去踪影；例如满街的海产店，扬散着人声与酒气；例如老的古董店关门，开了几家观光化的古董店；例如渡口边到处都是卖鱼丸汤和铁蛋的店；例如黄昏时汹涌的人潮，班班客满的渡轮；例如海面上永远不能清洗的油渍和垃圾……我的朋友到后来都唾弃了淡水，但是我总觉得不管它怎么变，都是美的。

就像现在我看着火车窗外的关渡平原，有一只白鹭鸶正在翠色的稻田上翩翩飞起，白鹭的飞翔常使我想起小提琴的声音，那样优美而自尊，这种美在时间里是不会褪色的，因为它是心灵的美，没有一丝丝名利的杂质。

有时我会反省，为什么我无视于淡水日益庸俗化、观光化的真相，仍然像青年时代那么喜欢北淡线呢？我知道有一个理由，我对文学的向往、对艺术的热爱都是在那个时期建造起来的，淡水线使我在无聊乏味的学生生活中有了一个比较宽阔与自在的视野，而且使我立志将来一定要从事对人类心灵有益的工作。淡水线可以说是我心灵迈向成熟的一个起点，也是我“心的丝路”。

亲爱的亮亮，我深信一个人要自在无怨地活在这个世界，心里一定要有一条丝路，这条丝路使我们在干涸的沙漠、灰茫的平野、重重的高山中，还知道有一个心灵的远方，这条路不会被挫败所阻、不会被名利所惑、不会在物化中屈服。

不能只有贸易的丝路

我们想想祖先开辟丝路时，是历经了多少的挫败与艰困的道路，心的丝路之开辟也应如此。

心的丝路，就是心的创造、心的文化、心的文明，乃至于心的超越。

我们生活在现代，就必须正视这是一个极端物质的世界，世人所看见的往往是表面的东西，我们怀抱着对社会的热情与满腹的才情，走在路上没有人会敬重，但是如果我们戴着劳力士表、开着劳斯莱斯，所有的人都会对我们行注目礼。我们带着拯救人类的志愿与创造文明的志向，到银行去一毛钱也贷不到，如果我们带着房契地契到银行，连经理都出来向我们鞠躬。

这种无情的社会、炎凉的世态，常会使我们的心灵世界无处安放，于是所有的年轻人就会把劳力士、劳斯莱斯、房契、地契当作追求的第一目标，就像从前走丝路去做贸易想赚钱的商人一样。但是我们想一想，一个人如果只有贸易的丝路，没有心灵的丝路，是多么地可悲呀！

我年少时代，志向虽不伟大，可是我知道人不应该只为物质的追求活在这个世界上，别人山珍海味地过日子，我们可以清粥小菜也有味，因为不管吃的是什么美味，只是舌头到喉咙的十公分有差别，进了肚子是没有任何不同的。别人穿五千一万的衬衫过日子，我们穿一百元一件的衬衫不也活得很自在吗？别人开着豪华轿车去淡水吃海鲜，我们坐淡水线火车来看夕阳吃鱼丸汤不也很好吗？

我们如何在平常的生活条件中还能活得坦然自在呢？就是依靠心灵的力量，是知道在名利权位之上还有一些可追求的事物，它或者是文学、或者是艺术、或者是文明、或者是文化、或者是哲学、或者是宗教……名利权位、物质条件在心灵的对比下，往往会显出它有限而鄙俗的一面。

我的意思不是应该鄙视物质，也不是刻意把物质与心灵分离，而是说作为一个健康的青年，应该两者并行，像现在这样把重心都放在物质上，不但无益于自己，相信对社会长远的发展也是不利的。

我的意思也不是说人人都应该从事创造性的工作，但至少人人都要会欣赏，知道心灵创造开展的重要。最低限度也要自青年时代就培养一两项心灵的嗜好，这是一辈子受用不尽的，在顺境时，它让我们知道如何享用人生，在逆境时，可以平服我们受创的心灵。

这样的人生有何意义？

在社会上，我认识许多被公认为成功者，他们青年时代致力于对金钱的追求，到中年时代五子登科（妻子、儿子、房子、车子、金子），金钱名利都已没有追求的意义，心灵就非常无聊乏味，夜里就跑到酒家饭店去消磨，沉迷于酒色。亲爱的亮亮，如果金钱的追求只是为了换取酒色与无聊，这样的人生有何意义？

我觉得现在的社会有两种用英文字母命名的行业很有意思，一个是“卡拉 OK”，一个是“MTV”。前者呈现出中年人的无聊，人心只有卡拉的断折声而没有 OK；后者是青年人（M）心中只有 TV，已失去心灵的追求了。如果一个人在青年时代就觉得人生无聊，试想想，要如何度过中年的奋斗与老年的漫漫长夜呢？

所以，心灵丝路的建造是多么重要呀！

亮亮，我给你写这封信时心里有一些忧伤，北淡线的火车因为地下捷运系统的辟建，马上就要在这个世界消失了，等到捷运系统建好，淡水会成为台北的一部分，那时的淡水真是不可想象的。

我更忧心的是，青年是不是都能认识到心的丝路是多么重要？这将是民族将来是否有光辉文明的关键所在。亮亮，你能了解我的忧心吗？

炮弹飞车

早上十一点半的时候，我站在日本大阪火车站，等待十一点四十六分开往东京的特急新干线，我的位置是在第六车厢，所以我在月台上第六车厢的候车位排队。

新干线开进来了，第六车厢的门正好停在写着6的地方，旅客无声地鱼贯进入，火车启动的时候，我对了手表，正好是十一点四十六分整。

特急新干线是日本速度最快的火车（在世界上恐怕也是数一数二的了），看着窗外急速流去的景物，我的感触很深，亲爱的亮亮，我在想，一切都那么准确，分秒不差，车门正好在你所等待的位置，这大概就是现代的日本风格吧！

不要粗枝大叶过日子

因为一切都是这样守规矩，所以在日本旅行按规矩来会方便得多，例如在大阪火车站买新干线特急券到东京要一万四千五百元日币，可是我们前一天在阪急饭店买票订位却只要一万一千五百元日币，差额高达三千日币，在日本不是一个小数目了。这是用来鼓励人预先买票的，临时去买就要按订价收费。还有，如果在日本旅行社事先购买日本国内的旅行券，不论交通食宿算在一起，都要比自己去闯荡要便宜得多，这也是预订的优待。

在日本订旅馆也是如此，临时要找旅馆很困难，但是先打一通电话就容易得多，若提前几天预订，还可以打很高的折扣，以及招待早餐。

一切按照计划来，对于在台北生活惯了、喜欢即兴的人是有些不习惯，但回头想来，有计划的生活其实会更便利，并且对公共秩序、社会生活是更有益的。因为有计划的生活会使人一丝不苟、注意细节，不会粗枝大叶地过日子。

在日本，不管是人口一千多万人的东京、五百多万人的大阪，甚至是只有几千人的小村落，都是异常地干净、清雅、整齐，几乎到了一尘不染的地步，花园里的一株草也要种在一定的地方。

插一个盆花时，每朵花恰好都在应在的位置。

我到一位做陶艺的艺术家工作室去看，吓了一跳，不但每一个陶罐都站得整整齐齐，连泥土都丝毫不乱，与台湾陶艺家的工作室相比，干净与脏乱真是天地之别，艺术家都这么爱清洁，一般人民更不用说了。如果我们从台北的眼睛来看，日本人简直通通有洁癖，日本民族整个说来是有洁癖的民族。

亲爱的亮亮，说来你可能不相信，我在日本上过的厕所，每一个都是干净的，即使观光区里最繁忙的厕所也不例外。我想，这是一丝不苟、注意细节的展现，使日本人成为最讲究礼貌、最自我克制、最注意秩序的民族。

在日本旅行，使人感觉到安宁与平和，因为日本人非常有礼貌，尤其是从事服务业者，从大饭店、百货公司到小餐厅、路边摊，都是客客气气的，日本服务业的礼数周到是世界第一，绝对当之无愧。

看不见一面铁窗

最自我克制的是，日本人在公共场所谈话总是细声细气，深恐吵到别人，开车子也极少按喇叭，像东京这样大的城市，每天上下班都会塞车（当然，由于有良好的地下铁系统，塞车还没有台北严重），可是很奇妙的，我们在地面上难得听到一次汽车的喇叭声，因为大家都知道塞车是无可奈何的，按喇叭也没有用，因此车子虽多，街头却比台北安静。人人懂得自我克制的结果，使我们在日本街头几乎看不到一个警察。人人守法，还需要什么警察呢？

日本人守秩序从坐地下铁最可以看出，地下铁到站，准备乘车的人排在门口两旁，等待下车的人下完才依序而进，不管地铁是多么拥挤，绝不会看到人争先恐后，或者从车窗占位置，大家都守秩序，因此虽拥挤而不至于混乱。全日本最拥挤混乱的街头应该是东京的新宿，但在公共场所里，大家也是严格地遵守着秩序。

日本人的清洁整齐、自我克制、礼貌周到、遵守秩序都令我十分感动，另外还有日本的安全也令人赞叹，在日本旅行是全世界最安全的，绝对不必担心小偷或抢匪，当街抢劫几乎是不可能，而在全日本各地，我还没有看过一个人家装铁窗，可见日本的生活很安全。

亮亮，你还记不记得不久前一个日本孩子大田哲瑞在台北被绑架的事，大田哲瑞被绑架，日本的几家电视台和报纸都派记者来采访，人数竟多达四十几位，这使我们知道了两件事：一是日本人比我们重视人命，试想如果我们侨胞的孩子在海外被绑，我相信没有一家传播媒体会派人去采访；二是这样的案件在日本算是超级大案了，可见日本的社会安全很好，比起每天都有绑票案的我们要好太多了。当然，日本也有庞大的黑社会组织，像山口组就闻名世界，可是他们自有严格的黑道伦理与制约，一般善良的百姓不至于轻易受到危害，这一点与台湾无法无天的小流氓是很不同的呀！

日本文化的背面

使日本可以成为一个清洁、安全、礼貌、秩序的国家，我相信是来自于人民的富足、坚强的中产阶级、良好的国民生活教育，这些都是值得我们学习和追求的。

但是，我对日本还有一个非常深刻的疑惑，这一个现在看起来非常优良、有礼貌和教养的民族，不也是从前大举屠杀过中国人，奸淫掳掠、无所不为的同一个民族吗？这同一个“大和民族”在性格与文化上是不是有着极大的冲突与矛盾呢？在九十度鞠躬的背后藏着武士刀与禽兽般淫欲的日本人，和晚上瓦格纳歌剧、白天以毒瓦斯屠宰犹太人的德国人，在本质上是否有相同之处呢？这是我几度在日本旅行思考得最多的问题。亲爱的亮亮，当举世都在说“日本第一”、“日本能，我们为什么不能”的同时，我们如果说到要学习日本，实在应该在性格与文化上有更深刻的观察才好。

我在日本旅行期间，传播媒体讨论得很多的一件事是小孩子自杀的问题，在今年八月三十一日到九月一日的两天中，全日本有八个学生自杀，一个小学生、六个初中生、一个高中生不约而同地自杀，动机不明。九月一日是日本中小学开学的日子，因此虽然不能明确知道这些孩子自杀的动机，但因其选择自杀日期的象征意义，传播媒体一致断定孩子的自杀与学校功课的压力有关。这些日本孩子的家境都不错，又生在世界最富裕的国家，身体也都很健康，他们的内心如此脆弱，不堪一点点的压力，实在让人吃惊。

日本人虽有自杀的传统与喜好，但连孩子都爱自杀，真是不可想象的事，除了学校教育的压力之外，民族的潜意识也是不可忽视的因素吧！我对一个日本朋友说：“在一个事事都讲计划的国家，生活的基调其实很无趣而乏味。”他也颇表同意，这些潜在的因素是不能忽视的，大部分的孩子能看出自己不可能上一流的大学（日本的升学竞争比台湾激烈），学校毕业后会到大商社去当一辈子的小职员，天天下班去喝酒打小钢珠解闷，如果想到这一层，敏感的孩子可能就觉得人生没有什么意义了。

寻找内心的安顿

在日本的大城市里，像东京、大阪、神户、横滨、京都，甚至远在四国的德岛，我们在火车站附近甚至街道的骑楼下都看见了许多不愿工作，甚至不愿回家的人，日本人把这些人称为“浮浪者”，像浪花一样漂浮在城市水面的人，他们多数是中年人，可能曾是大商社里的会社员，也可能有妻子儿女，但他们宁可背弃社会，寄宿于街头，难道生活在日本这样经济发达、社会福利完善的社会，还不能感到幸福吗？他们和那些自杀的孩子又有什么两样呢？

可见，幸福的真义并不取决于环境，而是在于内心的安顿，一个人的内心若找不到安顿，是绝对不可能幸福的！而内心的安顿不是社会环境的事，也不是成年人的事，是要从小就培养的。我觉得，就内心的安顿而言，我们要比日本人强得多，只可惜近几年也逐渐浮躁起来了。

日本人内心是不是充满矛盾，我不敢断言，不过从一些社会现象可以看到一些端倪。夜晚的东京街头，我们随处可见到喝醉酒的男人站成一排，当街小便，行人却视若无睹，这是因为大家认为男人醉酒与当街小便是理所当然的事。

在街头巷尾，三步一家小钢珠店、五步一家麻雀馆，让人来排遣狂热工作后的漫漫长夜。

书店里每天都推出谋杀推理外遇的肤浅小说，戏院里每天推出不堪入目的色情暴力电影，而在新宿，还有半公开的真人色情表演。

即使是“最干净”的电视节目，夜夜都有谋杀推理、暴力摔跤，给孩子看的则是让人作呕的太空战士与恶魔永不歇止的争战……这样的社会绝对不是理想的社会，而其中也有埋在安和乐利中“隐藏的危机”。

这些社会现象，可以为中日战争时日本人的狰狞面目找到一个合理的解释。

亲爱的亮亮，日本社会使我们思考到两个问题，一是一个经济高度发展的社会，如果没有在很稳健的轨道上前行，不但不能使人格得到平衡，反而使人沦为物质与感官的奴隶。二是我们不应过度美化外国的社会制度而妄自菲薄，当然也不能以为自己的社会是完美的，而忽视别人的优点。

天下太平的线索

在这个世界，未曾有过完美的社会、理想的国家，将来也不会有，原因在于每个人的社会期望都是不同的，社会既是一个群体，就无法满足所有人的期望。因此，如何来改造自我，使内在心灵趋向完美、个人人格品质迈向理想之境，都是改进创造好社会的因素。我常说，天下太平的线索往往系于人心的太平，若有平和的人心，太平的社会不是不可追求的。

完美的社会虽无以达致，但好的社会却具有一定的品质，这些品质约略地说，是个人安全得以保障，人权得以完整，创造力得以开发，财富足以温饱、群体正义能够伸张、弱小者的生活得到尊重、民间的声音可以发出、社会里有良好的礼仪与关怀等等。这些，在民主自由的资本化社会都不是不可能的梦想，像我在日本看到的，或者从前在西方社会看见的罪恶，有人称为“必要之恶”，我们的社会正在迈入“必要之恶”的路口。所以，亮亮，你在心胸里要有负起责任的打算，不管怎么样，更自由、更民主、更开放、更多元的道路是我们必走的道路，只不过，我们应及早认识要付出的代价，尽自我最大的努力罢了。

十年前，我在文章里就大声地呼喊，我们需要地下铁、公园、体育馆、停车场、休闲设施，当时人微言轻，竟没有人觉得是必要的，现在地下铁要开工了，七号公园预定地里，绿地与体育馆正在争论不休，停车问题造成可怕的交通困顿，以及休闲品质低落，有钱无钱的人都沉迷在大家乐、六合彩、股票这些投机的“休闲”上，想起十年来的发展，步步被我料中，不禁感慨系之。

这不是我有什么先见之明，而是我深深地确信，社会良知就是个人良知，个人正义就是社会正义，个人需求即是群体需求，群体利益即是个人利益，其中有不可分割的关系。

亮亮，我们这些自命是知识分子的青年，虽有改造社会的怀抱，还是应该回到自我，先创建一个理想主义的心灵，培养良知、正义、智慧及责任，社会的将来才有希望。

对理想与公平的坚持

像日本的都市，人的居住空间是很窄小的，一家四口挤在二十坪不到的房子里是常见的现象，可是公共设施却是宽敞而气派的，道路整洁宽大、公园古木参天、博物馆设施完善、古迹维护良好……光从这一点，我们就能感受到社会对于理想与公平的坚持。

在台北，我们可能住在六十坪的房子，但走出来时马路窄小，右边是垃圾堆，左边是地摊，骑楼下横七竖八的摩托车、招牌、违章建筑，人人任意地扩张私我的势力范围，使得社会的理想与公平完全失去了底线——这不是社会制度出问题，而是个人出问题，包括不顾公共利益的官员与民众之个人。

所以，从长远看，个人怀抱是不是很重要呢?

新干线火车到达东京银座车站，停下时是下午两点四十五分，与预计时间分秒不差，我走下月台正好是第六车厢的候车位，这使我长叹一声。

亮亮，我们实在需要一个更有秩序更精确的社会!

天佑吾土

近日遇见多年不见的朋友，互道近况，才知道朋友现在热中于养兰花。

我听了吓一大跳，震惊的程度不亚于听到一位罹患色盲的人突然成为画家。并不是养兰花这件事使我吃惊，而是眼前的朋友是个极端的务实派，他平常绝对不浪费时间在对自己“无益”的事情上。他对文学、艺术、音乐、宗教这些心灵事业向来是不屑一顾的，更不要说兰花等闲花逸草了，因此使我对他养兰的举动生出莫大的兴趣。

一问之下，才知道原来兰花近年来的价钱很高，颇有利益可图，于是我们在咖啡厅的一个下午，等于给我上了一节很宝贵的兰花课。

兰花的文化意义

听说现在最贵的一盆“达摩兰”叫价高达三千五百万元，而该盆兰花去年卖出一株小芽，竟然是以一千二百万元卖出。目前台湾有四种最昂贵的名种兰：达摩、黑珍珠、达摩天、麒麟天。又有所谓四大奇花：玉妃、大屯麒麟、文山奇蝶、馥翠等，这些花动辄几百万元一盆，即使是一株嫩芽的价钱，也都在五十万元以上。

“达摩兰”又是何方神圣呢？那是十几年前一位养兰的人在花莲深山采集到的兰花，当时因为稀有加上渲染，一株售价是一万元，到两三年前一株涨到三五十万元，去年开始，养兰花的人就像疯了一样，一路追价，竟使一株兰花的价钱超过千万。

听到朋友的说法，使我想起唐朝长安城的牡丹花，最贵的一棵达到十户中等人家一年的赋税，现在台湾的兰花价钱甚至还超过唐朝的牡丹了。

由于兰花的大涨，造成许多社会问题，偷盗兰花时有所闻，雇人去抢夺兰园的也不少见，甚至还有为兰花而丧生的。许多人听闻兰花价钱好，甚至有放下本业改行种兰花的。兰花的情形因此与六合彩的赌博竟有些相似了。

不过，我感到非常疑惑，就问我的朋友：“兰花不像古董或艺术品那样是不能增加的，它是可以不断繁殖的，怎么可能有这么高的价钱呢？”

朋友说：“像你这样没有生意头脑的人，怪不得永远不发财。如果你有一盆价格很高的兰花，为了维持其价格，一定不能大量繁殖，即使繁殖了也不能去卖，要久久才卖一株芽，让许多人买不到，这样价值就愈来愈高了。如果你买进价廉的兰就要有耐心，等待它能翻身，就像股票一样。”

因此，兰花的价格、市场其实是被操纵的，如果没有人操控，一株花绝不可能有千万元的“想象力”。

亮亮，这些生意上的事我是不太关心的，但我关心的是养兰花这件事在文化上的意义，以及养兰者的存心。

养兰花原来是非常清雅的行为，是爱花的人怡情养性的自然表达，如果举目滔滔，都是为了钱才去种兰花，把兰花当成是投机的生意来做，甚至使兰花沦落为有钱人的玩物、投机客的筹码，想起来是令人感叹的。

红龙，并不是龙

我们这个社会不知道为什么，总是想尽办法把清雅的风格搞成庸俗的事，把心灵的东西物质化，而把价值与价格等同。

在我与朋友告别的时候，想起有一种动物是与兰花相似的，就是这些年来使许多人为之疯狂的“红龙”。红龙不是龙，而是来自东南亚的一种鱼，几年前不知从何而起，有人说这种鱼类可以招财进宝，做生意的人趋之若鹜，竟使养红龙蔚然成风，价格随之暴涨，最便宜的红龙小鱼都要两三万元，价高的则在数十万元以上。

从前红龙不准进口，因而走私盛行，在海关被焚毁的红龙数以万计，不仅伤害了生灵，也使台湾被全球侧目。当然，偷窃红龙也时有所闻。

由于红龙饲养的热潮，造成许多奇怪的现象，例如为了防备红龙被偷，饲养的人几乎每隔几天就为鱼拍照，以便失窃时做为寻找的依据。（好笑的是，很多人为自己的儿女拍照都没有这么热中呢！）另外，由于红龙嗜食蟑螂，有一些养了价值数十万元红龙的人每天屋里屋外地捉蟑螂来喂，甚至还有鱼店卖活蟑螂的。（一只五元,你信不信？）还有,红龙会跳跃,有时会跳到缸外摔死，也有一些饲养不当会暴毙，竟传说红龙是有灵性的鱼，是为主人而死，它是在替主人解除厄运。（会花数十万元养一条鱼的人通常最相信这种愚昧的迷信！）

亲爱的亮亮，兰花与红龙是不是很相像？一种是植物，一种是动物，却同样使得许多自称万物之灵的人，沉迷、执着，不能自已。

台湾社会的有钱人对于兰花与红龙的热爱已到了令人不可思议的地步，这反映了当前台湾文化一些严重的问题。台湾早已成为世界注目的富有之地，一个富有的社会必然会使人对文化发展有新的期待，其实，一地的经济发展、政治安定，人们试图提升生活的品质也是很自然的事。我们嘴里说“文化追求”时，事实上是在追求更高更好的生活品质。

可叹的是，有钱人普遍没有文化与生活的认识，他们眼中的“生活品质”，是穿世界最贵的名牌衣饰（台湾品质很好而价廉的衣服却外销到比我们有文化的国家），开奔驰轿车（穿梭在交通最混乱的城市），戴劳力士表（很少人能准时），乃至以拥有价值数千万的房屋、数十万的红龙、数百万的兰花作为追求的目标。

我们的文化不及格

但是，这就是生活品质、是文化的提升了吗？

我觉得，一个地方有没有文化生活，除了该地的政治是否清明、经济是否令人温饱之外，有几个标准可以作为评鉴，一是该地的人是不是理性？二是该地的人是否能不失去自尊？三是精神灵性的追求是否与物质享受的追求可以平衡？四是生命的价值是否可以超越价格利益的评断？

文化可以反映生活，甚至文化就是生活。可是文化的生活不是建立在几件艺术品的摆设、几件古董的拥有，也不在人有多少的消费力，而在人对生命与生活的态度，如果我们不能理性、自尊、有心灵的提升、印证生命的真价值，则我们即使腰缠万贯、满园兰花、养了一百只红龙，都不能算是有文化。

亮亮，我再举两个例子，一是在国际间闻名的蛇街——台北华西街——由于入冬进补的需求量，一天吃掉的蛇竟然超过六千多公斤，而一斤蛇的价钱，百步蛇是五六千元，雨伞节是一千六百元，普通的蛇一斤也要四五百元。以平均数来算，台北人在华西街每天吃掉的蛇就是二千万元以上，若数数全台北、全台湾，用在杀蛇、吃蛇的钱又有多少呢？

由于爱吃蛇，台湾人每天吃掉许多濒临绝种的蛇类，甚至商人、渔民都不惜违法犯纪，从大陆、东南亚走私进口，只为了满足人有钱以后的口腹之欲。蛇如此，其他野生动物的遭遇，也没有一种比蛇幸运的。

光是吃的文化这一项，就足以反映出我们在文化上是不及格的。有一次，我坐朋友的车，从桃园市到台北县树林镇，看到路旁三步一摊、五步一店的槟榔摊，当时我身上正好带着一个计数器，一路算槟榔摊，一共是二百九十一摊，在别的路上，或我没有算过的还不知道有多少。

吃槟榔虽不是什么大事，但它是有百害而无一利的食物，它和吃蛇肉不也一样反映出我们的乡间文化吗？

好天就烟，下雨就膏

最近几个月，我居住在台北县的莺歌镇写作，莺歌是台湾的“景德镇”，它的陶瓷艺品、磁砖、抽水马桶都是闻名国际的。这个工业小城创造了许多大富翁，有许多财富上亿的居民，他们住在千万元建造的私人宅院，开着积架、奔驰、富豪、保时捷、宝马等价钱超过二百万的名车，然而，他们居家的室内设计是那么庸俗，他们不肯花一些心思照顾自己的园林。

更糟的是，这里的道路是全省最糟的，老年人有一句口头禅说：“好天就烟，下雨就膏，所以叫莺歌。”道路千疮百孔，下雨则满地泥泞、天晴则烟雾满天，简直就像从未整修过的产业道路。

我不知道开着百万名车的富豪路经这些道路时是什么样的心情，难道没有人来回馈桑梓，把道路整修一番吗？

莺歌小城反映出台湾文化的两个盲点，一个是住在豪华的房子、开名贵轿车的人却住在一个从未改善的大环境里。一个是由资本家与劳动阶级组成的社会，中间有严重的断层，使大家都不认为追求更好的环境是急切而必需的。这两个问题想必不只是莺歌，而是台湾社会普遍的现象，若我们不把大环境品质的改良、人的文化生活态度当成人生理想的实现，则文化的提升是一个永远不能实现的梦想。

我最感到悲哀的，是我们的社会有很普遍的教育，受过大学专科教育的人不计其数，这些人理应有最基本的人文思想、美感经验、文化理念，可使整个社会在物质发展后跨越而过，继之以精神灵性的追求，但是，为什么我们看不到这些本来很自然的曙光呢？

文化创造上的一小步

我想起一个朋友说过的一句名言："台湾最成功的是教育，最失败的也是教育。"

成功的教育使我们粗知文字、懂得经营、创造利润，使台湾傲视世界；失败的教育使我们礼仪沦落、文化失衡、懂得逃税、创造投机的环境与心理，使台湾成为世界鄙视的仿冒王国、没有文化的暴发户。

亲爱的亮亮，人生不过数十寒暑，就连最会投机的人所能得到的利益也是很有限的，可是我们在文化生活上所提升的一念很可能使后代子孙受益无穷。套用一句大家所熟知的话："我们在经济上得到的利益只是社会利益的一小滴，我们在文化创造上的一小步却可能是社会发展的一大步。"

对于社会的观察，有时不必太大的事件，从兰花、红龙、吃蛇、槟榔、马路这些小小现象就能看见社会的梗概了，一个有心奉献社会的青年，当然要有理想、有热情、有无私的胸怀与奋斗的志气，不过，最先有的就是要学会观察，以小见大，才能为这个社会把脉。

我常说台湾能创造历史上最繁荣的今天，是许多因缘会合，是许多人的努力加上环境与时代因素所造成的，可以说是"天佑吾土"，但是我们不能永远靠老天的保佑，亮亮，你说是不是？

夏花之绚烂

在台北，有一个我午后欢喜去散步的地方，就在仁爱路中间的安全岛上，那安全岛比别的地方都宽敞，有喷水池、行人休息的椅子、树木，还有非常青翠的草地，安全岛边则围着密密的杜鹃花和七里香矮丛，隔开了马路上奔驰的汽车。

有时也说不出为什么喜欢到这里散步，我经常把鞋子脱去，踩在略有凉意的草地上，那使我想起从前住在乡下的某一些情感，而在草间总有酢浆草，终年都在开着淡紫色的花，我真喜欢这些长在城市角落间的小花小草，它们还是如此之美，没有受到一点污染。

我也喜欢隔着盛开的杜鹃花，看车子迅速地滑过，那使我暂时忘记了城市某些动乱，而感觉到宁静，说起来难以置信，有时我在那安全岛盘桓一整个下午，根本没听见车声，直到走出安全岛才突然从沉默的听觉中醒来，呀！原来这世界仍是一样的，并不因我在安全岛中而有所改变。

保有田园的心情

春天的时候，这段安全岛跨过马路，是一条很长很长的木棉大道，全开着橘红色的木棉花，无叶的木棉花从我站的草地望去，真是十分动人的。

不过，我最喜欢这安全岛上的鸟类，尤其在午后，麻雀有时三四十只成群的飞来，在草地上嬉戏，偶尔寻找着水泥地或白色铁椅边被情人留下来的零嘴，如果有一只麻雀发现可食的东西，它就高兴地吱喳起来，呼朋引伴，大家就围过来进餐，边吃边交谈，看起来犹如一场热烈的庙会。这里的麻雀也不怕生，常常瞪着黑眼珠，纯真、神气、略歪着脖子看人，看一眼后吱吱两声，打招呼一样，真像个孩子。

除了麻雀，还有鸽子也常到安全岛上，鸽子往往是一只或一对，它们不像麻雀又跳又叫，只是安静地散步，鼓起的胸脯满有威仪的样子，东看看西瞧瞧，偶尔咕咕两声说给自己听。如果是一对的时候，就两只都忙得团团转，站也不是、坐也不是。

我可以辨识出这些鸽子是附近人家养的家鸽，或者来自更远的地方，但它们是这里的常客，天天都来栖息，到后来我都认识这些鸽子了。有时候我会想，我多么像眼前这些鸽子，我们习惯于住在城市的高楼，却保有着一些田园的心情，能够找到有一点草、有几棵树的地方，就感到心里得到了安顿。有时到公园真是没什么用意，只是下意识地走向田园的一些心情。

很少很少会见到别的鸟，但我在仁爱路的安全岛上还见过斑鸠和乌鸦，它们在树上栖息一下，又往更远的地方去了。

到这块我把它当成自己“安全岛”的地方，我会带一些爆米花、面包屑去喂我的朋友，就像我们在电影中常看到老人在公园中喂鸽子的镜头一样，我不是老人，但在喂鸟之时，我的心可能比老人还要宁静。到后来，麻雀竟走到脚前吃我喂的食物，可见我的心多么平静，动作是多么细微了。

很少人知道跨越马路到这安全岛来，因此午后几乎是没有人的。

这一天有了一件奇怪的事，我在喂鸟的时候，有一个年轻的声音呼叫我的名字，是一位非常整齐帅气的青年，我从未见过的。他说是我的读者，然后就和我一起坐在铁椅上喂麻雀，与我讨论起我写过的一些书，他似乎十分了解我，这令我有一点手足无措，脸竟红了起来。你可能不知道，我在集会里、在街头，很怕被人认出，我想，我是宁可躲在背后来观看这个世界。

一个青年之死

青年的名字叫明君，看来就是很光明有前途的样子，但他的眉头打着一个小小的结，很快就被我观察出来了。果然，他说心里很烦，正好在穿越马路时看见有铁椅，就坐下来休息，没想到就遇见我这位从前在书中认识的“老”朋友（说年纪，我比明君大了不少，而他读我的书也有好几年了）。

“烦什么呢？”我问他。

“我最近有一位朋友自杀了。”他两手一摊说，然后竟叹一口气，你知道我从来不叹气的，因此听见别人叹气总觉得特别心惊。

明君是大学一年级的学生，他告诉我那自杀的朋友并不是与他很相熟的，只是互相认识而已，因而他不是因为失去好朋友伤感，而是想不通：十九岁的大学生，身体健康、五官端正、家世良好、一切都很顺利，为什么要自杀呢？为什么？难道有什么不可解决的事吗？

想不通这个问题，使他烦透了。

“是不是他考上的大学不理想？或者是情感上不顺利呢？”我说。因为在报纸上，我们几乎每天都会看到年轻人出走或自杀的消息，原因不外是这两个。

明君说：“唉，如果这样，我早就想通了。偏偏他学校也不错，还没有固定的女友，谈不上挫折，这才奇怪呀！说死就死了。死了也没有遗书，找不到任何原因。”

这倒是奇怪的事，没有什么原因就自杀，那么如何判定他是自杀的呢？

明君告诉我，那个年轻人自杀前穿了一套最漂亮的衣服，死时面貌安详，简直就像睡去一般，在他书桌上则写了泰戈尔的两句诗：

生如夏花之绚烂，

死时美如秋月。

那大概就是青年的遗书了。

我听到这两句诗大大震动了一下，这位青年难道是以死来追求一种美吗？是把自己想成秋月一样皎洁的人吗？以死来追求美不是不可能的，我们知道像日本人就有这样的倾向，每年死于没有理由的美之自杀者数量不少。他们把自杀当成美的极限，就那样子慷慨去赴死了。

明君看来是个很有责任的青年，他当然想不通甚至有人会为了两句诗而死，那两句诗对一位敏感自怜的青年，就仿佛是他的“忧国”或“离骚”了。

卑微的麻雀也爱惜生命

“林先生，你有没有发现，我们这一代的青年比较容易自杀？你们那一代，或者再上一代就没有这么容易去自杀了！”明君说他从初中开始，学校里就有学生为了升学压力自杀，到高中时又有学生自杀，万万没想到在大学里又碰上了，他问了自己的父亲，父亲说：“我们年轻的时候为了谋衣食、救国家都忙得很呢！哪有时间去想自杀的问题，又经过战争逃难，时常在死亡边缘打滚，反而知道来爱惜生命了。”

明君的父亲说得对极了，但他并不满意，他问我：“到底原因出在哪里呢？”

我一时为之语塞，两人默默看着眼前捡食东西的麻雀，我深信，这些麻雀每一只都是极爱惜生命的，人的心念一有杀意，它们就立即能察觉而惊飞，更别说是去追捕它了。这卑微的麻雀都懂得惜生，为什么尊贵的人反而轻贱了生命呢？听到明君的问话，我比他更忧心，因为如果连优秀的青年都不懂得爱惜生命，这个民族是不可能有希望的。

在“安全岛”上时，我没有给明君答案，回来后我一路看着奔走的人和车，才想到可能有几个原因，一是现在的年轻人比从前自私了，只有真正自私的人才会去自杀，如果能想到父母、朋友、社会、人群，只要多想五分钟，就不会去死了。

二是茫然。表面上，现在的青年什么都有，但却缺乏理想主义的色彩，失去价值的追求，从小就考试考到大，最后产生价值危机，就茫然地走向死路。

三是生命没有考验的机会。想想我们从前为了多吃一口饭，就要面对艰困的劳作，要零用钱没有，要玩具没有，是在挫折中挣扎长大。现代青年失去了这些机会，想想看，如果曾为了多吃一口饭而奋斗过的人，绝不会因为一场考试、一次恋爱，甚至一种虚幻之美就自杀的。

我曾听一位旅居加拿大的中国画家谈过，他的父亲从前离乡背井到国外去，在餐厅里当侍者，他和母亲还有祖父留在广东的家乡。这位父亲为了多赚取五毛钱的小费，外国人把饭倒在地上，叫他像狗一样趴着吃，他照做了，因为他挂念家乡的父母妻儿，宁愿牺牲自己的尊严。

这不是画家父亲说给他听的故事，而是我的画家朋友为了描绘华人的艰辛，在博物馆找到一张外国人拍的相片，一位侍者趴着在吃地上的饭，画家看了吃一惊，因为那侍者长得太像自己了，他把照片拷贝回去给父亲看（父亲已经是餐厅老板，并把妻儿都接到国外了），父亲看了老泪纵横，原来那是他青年时代留下的唯一一张照片。

我听到这个故事流了眼泪，我一点也不会瞧不起这位父亲，反而觉得他太伟大了——生命最尊贵的意义原来正在这里：为别人活着，活到忘记自己痛苦的地步。这别人即使是最亲爱的家人，也总比只为自己活着好得多。

没有绚烂过的人，没有资格讲美

在佛教里有一个故事我很喜欢：一对母女乘船过河，没想到在河中间翻船了，落在河中的母亲咽下最后一口气时对菩萨说：“菩萨呀！求您救救我的女儿，我死了没有关系，只要我女儿平安就好了。”快沉溺下去的女儿也对菩萨许愿：“菩萨呀！求您救救我的母亲，我死了没有关系，只要我母亲平安就好了。”由于她们的慈悲心感动了菩萨，两个人都得救了。

在临死的一刻不为自己求解脱，想的却是别人，这是最令人动容的，这就是为什么我说自杀者是最自私的原因。

亮亮，你们的时代或者没有机会为社会人群抛头颅洒热血了，但是多为别人设想，立下一个坚实的理想和志愿，坦然接受生命给我们的考验仍然应该是不变的态度。

生命的真义其实简单：就是自然地去承担。

“生如夏花之绚烂，死时美如秋月。”是很美的句子，但夏花是自然开放，秋月是自然发光，那不是一种追求，而是一种承担。

就像在属于我的安全岛上，我看过一位少女肆意地摘取树上的木棉花，这和自杀的青年没有两样，是不自然的、令人烦心的。

记住我的话，亮亮：

没有绚烂过的人，就没有资格讲美！

没有热烈承担的胸怀，就不能懂得秋月的宁静。

温柔的世界观

今天是年初三，台北意料之外地显得格外冷清，这个由大部分外地人组成的城市，由于工商业的突然休息，使我更感觉到遥远而陌生了。

亮亮，在往昔，每到过年我总是拼命赶回老家去，使我从未在过年时看过这个城市，今年，我的母亲想来台北和我们团聚，竟使我意外地在台北过了年。

晚上，独自走过家附近堆放垃圾的地方，发现了这平常堆置垃圾的角落，垃圾堆得简直像山一样，令人作呕的恶臭飘散在四处。原来，因为过年，垃圾车放假三天，已经有三天没有来收垃圾了，市民们养成了夜里把垃圾向外倾倒的习惯，加上过年的垃圾倍增，才出现这比平常可怕的景象。

我不知道为什么过年要停收垃圾，这真是一个愚笨的政策，过年当然是很重要，但过日子比过年还重要，电信、电力、交通、军队甚至戏院、百货公司都可以不休过年，关系到一个城市健康的垃圾收集，怎么可以休假三天呢？想想看，一个城市三天的垃圾堆积，会对卫生环境产生多么重大的危害？但愿明年能够改变这种决定，使留在城市过年的人，也能过干净的年。

现代人制造过多垃圾

然后我走过几条街，发现处处都是垃圾堆，街道也没有平日整洁。和我一起散步的母亲，用一种很惊奇的语气问我："台北人是怎么样能制造出这么多垃圾呢？"

真是一个好问题，这个问题应该也适用别的城市，例如说："高雄人是怎么样能制造出这么多垃圾呢？"也可以说适合现代生活的共相，例如说："现代人怎么如此会制造垃圾？"垃圾的爆炸是世界性的问题，没有一个现代国家不为垃圾所困扰。

现代人的消费生活真是不同以往了，许多可用的东西因为消费的关系，在它的价值还未用尽时，就被丢弃了。有一年春天，我到美国旅行，在纽约住了一个月，到过纽约一些朋友的家里，有的朋友的家用品几乎全是垃圾堆中捡来的，他们捡到的东西有打字机、洗衣机、电视机、电冰箱、沙发、波斯地毯，还有电话、电脑等等，东西多到令人惊叹！那些东西都是半新的，有的只是不再流行，就被丢弃了。

我的朋友都是中国艺术家，他们一向惜福，又有创造力，把一些街头垃圾变变花样、改改颜色，就把一个家弄得有声有色，一点也看不出是垃圾。他们都还蛮有尊严，不吃美国人倒掉的食物，其实有很多食物也都尚可利用，每到夜里，就有很多流浪汉在垃圾堆里找东西吃。

有一位朋友告诉我："美国现在国力弱了，完全是浪费的结果。美国将来如果会沦亡，必是不会珍惜物产所导致。"这话说得有点夸张，却是值得深思的。美国，特别是纽约有一些街头雕塑家，喜欢把垃圾堆捡来的材质——金银铜铁，也就是台语说的"坏铜旧锡"——焊接成巨大的雕塑，耸立街头，看到这些垃圾雕塑，总使我仿佛看到现代文明中最可忧虑的问题。

尤其是像我这样出生于穷乡僻壤的人，虽说早已习惯了都市生活，但由于童年的记忆，当我看到人们不爱惜东西时，心里都生出一些刺痛，每当自己丢弃一些尚可使用的东西时，更加地不安。关于“爱惜东西”，我想可以举一个例子来说，我童年时代家家户户都有养牛，放牛吃草便成为日常重要的事。

我的童年没有垃圾

每天，把牛赶到草地吃草，我们手里就提着一个中美合作握手的肥料袋，有的牛在草地上大便，我们就趁热捡起来放进袋中，有的牛在半路上大便，我们就安心等候，然后把牛粪放进袋里，一天可以捡十几团牛粪。捡回家后把牛粪一团团拿出来铺在晒谷场上曝晒，等它干了，就是生火烧饭最好的材料——那时没有瓦斯、电锅，甚至连木材都舍不得用太多。

为什么要捡热热的牛粪呢？因为如果遗落在路上，别的人看见一定捡起来带回家去。这已经是快三十年的往事了。直到如今，我思及拾粪的景象，就好像真的闻到了牛粪的气息，手里还感受到牛粪的热度。

真是不可思议吧！亮亮！有一次我和一个朋友在路上同时看到一团牛粪，互相“礼让”半天，最后把牛粪分成两半，一人带一半回家。说起来像是远古的神话，却是近在眼前，那个时代并不遥远，大家都非常珍惜事物，想想看，连一个牛粪都要捡，别的更不用说。

一直到现在，我都维持着碗中不剩下一粒饭的习惯，那是由于我随父亲种田，知道一粒米的长成是多么不易。

所以，我的童年几乎是没有垃圾的，所有的东西都用到最后一分价值，才被丢弃。

有一次我把这个观念告诉一位朋友，他是在城市的富裕家庭中长大，他不相信“人可以不制造垃圾”的观念。直到有一年他到不丹、拉达克去旅行，回来才告诉我，他完全相信了我的话，那里的生活大约是三十年前的台湾，朋友带去的卫生竹筷、保丽龙碗、纸袋子、罐头吃完的空罐，只要一丢掉就被捡去用了，他说：“简直没有垃圾，一点垃圾都没有，真是不可思议。”

是的，非常不可思议。不过，没有垃圾的生活，或者说是物质条件差的生活，不见得就比富裕的生活差到哪里去。就以不丹、拉达克来说，一向被认为是人间的仙境，是失去的地平线，在那里生活的人，他们有很高超的宗教文化，也有极深邃的人文思想，不见得会比纽约人逊色。

就说到过年，我感觉到从前的孩子在过年时所感受的幸福比现在的孩子要大得多，穿新衣、戴新帽对现在的孩子早就失去意义（现在的孩子新衣新帽太多了），吃年夜饭、守岁也不稀奇（天天大鱼大肉习惯了)，甚至连压岁钱也不会有多大快乐（每天有零用钱就不稀罕了）……回想起我们童年过年的那种快乐，看看自己的孩子对过年平淡的反应，就知道物质生活不能代表什么，精神的喜悦才是真实的快乐。

大丈夫才能真正的温柔

从生活的垃圾想到了生命的垃圾，现代人的生命观点也逐渐制造出垃圾来了。不知道别人怎么想，我感觉中的现代人愈来愈冷漠而僵硬，不像农业社会那样温柔了，当然这也是工商社会的特质，只是，为什么生活在现代的人，就不能有一个温柔的世界观呢?

温柔，是温暖而柔和。

时时和别人维持良善的关系，是温暖。

时时想到能利益社会与人群，是柔和。

温暖，就是佛教中的大慈。

柔和，就是佛教中的大悲。

在佛教经典中曾记载过一个非常慈悲温柔的人，故事我已经忘记了，却记住形容他温柔慈悲的一句话："践地常恐地痛"，使我大为感动，当一个人踩在地上时都怕地被踩痛，那么，对待世界就可以做到绝对的温柔。

温柔，不是弱者的行为，唯有大丈夫才能真正地温柔。

要有温柔的世界观其实不难，就是珍惜"小福"，我们普通人一生中很少有什么大福报，但是在每天里有小小的福分，有小小的喜乐，有小小的温暖，有小小的对人的关怀与爱，有小小的珍惜……这些小福如同棉线一般，编织起来就会是一张温暖柔和的生命之网，看起来柔弱，事实上非常坚强，不至于被现代的冷漠和僵硬所淹没。

亲爱的亮亮，不珍惜小福而想追求大福报，是绝无可能的，唯有珍惜小福，才使生命的每一天都演奏庆典的音乐，过一种没有垃圾的生活。

让我们培养一种温柔的世界观吧！

这个世界，我看见了

我对街头林立的MTV商店有一种微微的痛恨，尤其是这两天又发现家附近一家MTV正在装潢，连对街的两家，这仅仅五十公尺长的街道就开了三家MTV。在更繁荣的地区更不止了，我一次沿忠孝东路散步，从复兴南路到光复南路随意算了一下，MTV竟上百家，真是不可思议的数目。我对本来不怎么好的东西蔓延得很厉害总感到痛恨，对MTV也不例外。

我的一些朋友知道我对MTV的恨意，都意见一致地取笑我，第一个取笑是说我已经有点老了，老到无法接受这社会的新事物，MTV是年轻人的专利，当然我看不惯。第二个取笑是说我的道德观太强，已经与这个社会格格不入，而道德在现代社会不值一分钱。第三个取笑是说我不理解年轻人的无聊与苦闷，应该花更多时间来参与青年的活动。

朋友的批评非常的诚意，我也感到应该有所反省，确实，在这个混乱的社会里，我的道德观似乎太强烈和保守了，这种仿佛属于“上一代”的道德观使我就好像一个老人。

把感官与思想全部封锁

不过，我对MTV的反对，并不因于我的老或我的道德观，虽然MTV过去曾发生过许多社会问题，这些却不是我反对的焦点。我最反对MTV的是，它是一个封闭的空间，又面对一个封闭的画面，我们试想，一个年轻人到了MTV，就是把自己的感官与思想全封锁在一个狭小的空间，如果不幸的他爱上MTV，天天都去看几个小时，他的人格与视野将会受到多么大的影响？更不幸的是，如果他爱看的是一些色情暴力的影片，则心灵与健康都会受到多么大的戕害？

不只是MTV，我对电视都是反对的，我曾写过一篇文章，题名是《侏儒化的世界》，就是反电视的。我认为长时期看电视会使人成为心灵的侏儒，如果全国的儿童与青少年每天看几个小时的电视，这个国家将来就全是庸俗的人，因为看电视会使我们的社会失去沉思者与创造者，其影响之深远是难以估量的。

看电视会使人得到“心灵侏儒症”，已经由世界上许多学者所证实，只是我似乎比他们更忧心一些，那是因为在我们这个社会，对“电视”这个东西没有检讨与反制的力量，我们的电视几乎是为所欲为的。我们知道，儿童与青少年学生看电视的时间通常是从下午放学到晚上八点档连续剧结束，想想看，我们的电视在这段时间里提供了什么呢？

五点后是日本气味的杀伐暴力的卡通片，里面有杀人不眨眼的战士与心灵丑恶的怪物在那里作永无休止的争战；六点后是天天看也得不到一点启发的综艺节目；六点半后是彻底扭曲台湾乡土的闽南语节目与千篇一律的歌仔戏。最可怕的是。八点档的连续剧，几乎看不到一出有诚意有智慧的戏，一台是幼稚的神怪，一台是没有人性的大家族情仇，一台是充满情欲与堕落的所谓文艺爱情戏，然后他们全部都宣称自己是收视率第一。

青少年与儿童长期受这样的电视濡染，心灵的狭小是可以想见的，对于我们的电视，我用两个字来形容，就是“反智”。

阳光下有许多地方可去

电视如此，MTV 就更可忧虑了。

想想，一只小鸟如果长时间躲在它狭小和黑暗的窝巢里，它长大会是什么样子呢？长期看电视和 MTV 的青少年正是如此。

我所反对的 MTV 或电视的理由，其实来自于一个更深刻的理念，就是反对封闭而黑暗、狭小而浮浅的空间，以及反对一个年轻人把生命埋葬在里面。我也反对像酒家、茶室、卡拉 OK、电动玩具店、啤酒屋、三温暖、地下舞厅、黑漆漆的咖啡室这些地方，这些灯光黑暗、欲望充斥之地，会使一个青春的生命在无形中腐蚀了。

有人也许会问我：“你全反对这些，那么年轻人有什么可以玩呢？”

好像年轻人除了在黑房子里玩乐之外，没有地方可去一样，其实，阳光下正有许多地方可去，或山或水，或平原或海边，或者只是在公园里散步，在红砖道上注视人群，也总是比在黑房子里要好一些。

我们时常在形容年轻人时说：“年轻是生命的春天”、“年轻人是朝阳”、“年轻是盛放的花朵”，而我们也常把青春岁月说成是“黄金岁月”，可是我们想一想，哪有春天与朝阳是关在一个小房子甚至小荧幕里的？哪有花朵与黄金放在黑房子里不黯然失色的？

所以，把生命埋在类似MTV这样的地方是不是很可悲？

我觉得这个时代的年轻人还另有可悲的地方，不知道为什么现在一般的青年分成两派，一派是“乖乖派”，一派是“享乐派”。“乖乖派”的青年每天在乎的是学校的功课，在乎考几分，每天的日子最大的意义就是在应付考试，好像一辈子就要那样考下去。“享乐派”则是每天在MTV、地下舞厅、咖啡屋出入，他们追求官能的享受与欲望的刺激，让青春成为毫无顾忌享乐的同义词。这种分野在都市青年身上特别容易看出来。

不管是哪一派，我想都应该认识到青春是有限的，年轻是一种很容易失去的东西，而且总是在不知不觉中就失去了。把所有时间花在读教科书和考试的青年，会失去青春的许多梦想与美好的日子，他们也很容易在考试的压力里失去对生命美好的信心，其实，考试时差几分有什么要紧呢？而把大部分时间用来享乐、放浪无度的青年，到中年以后就会支付很大的代价，那代价的利息非常高昂，可能是正值青春的人难以想象的。

张开我们的眼睛吧!

那么我们应该如何面对我们的青春岁月呢?

我想，最重要的是培养一个开放的心灵，其次是注视这个世界，再次是关心社会与人群，最后则要有追求理想生命的壮怀。这些，都必须从书本中抬起头来、从封闭的黑房子走出来，看看这个社会、这个世界，想想人群的苦乐、人群的未来。综合来说，就是要以开放与关怀的心来正视世界、追求理想。

亲爱的亮亮，我们在青年时代可能还没有能力来贡献世界，不过，我们是有能力来关心世界、正视世界的，唯有对这个世界有了解与关心，将来我们的生命才会有着力的地方；唯有能看清世界、体贴世界的人，在走过青春的波涛时，往后回顾才能无怨无悔。

现在，在青年间最流行的一句广告词是“我有话要说”，可是如果我们不真情地注视世界，真正让我们说话，一定也说不出什么有智慧的话。因此，“我有话要说”的背景必须落实在对人性对世界的认识，才能说得出口，说得理直气壮。另外的两句广告词是“我就是年轻”、“年轻不要留白”，同样也应该站在这个基础才有意义。

亮亮，我的青春生活虽然没有什么可资歌颂的，但是我可以这样说 ：“这个世界，我看见了。”

张开我们的眼睛、张开我们的心吧！

因为，青春是这样的有限！

三好一公道

最近住在台北县的莺歌小镇，有一天到街上去，看到一家小面摊挂着一个大招牌“勇伯仔面摊”，旁边还有两行小字：“三好一公道：汤好·料好·服务好·价钱公道。”

看到这样的招牌感到格外亲切，站在招牌下细细地看着面摊，还有摊子上忙着招呼客人的老先生。然后我坐下来吃了一碗素米粉，果然是三好一公道，这样的小事使我那一天的心情都非常开朗，有一种光明、清净、温暖的感觉，就像月圆时的光芒一样。

亮亮，我在青年时代，曾在我们居住的这块土地上行脚，从大城到小村，从山崖到海滨，企图使自己的心灵与脚印落实在这块土地上。我想到，光是我吃过的叫作“勇伯仔”的面店或小摊就有十几个，他们共同的招牌或共同的心意就是“三好一公道”，当我坐在野风吹拂的乡间吃小摊子的时候，就感觉像“勇伯仔”，“三好一公道”这几个字简直是美极了。

向前奋进的一种形象

一直到现在，我用还带着下港乡音的台湾话念道：“勇伯仔米粉，三好一公道”，想到可能有数十百家自称“勇伯仔”的摊子分布在我们这个岛上，心里就流动着一种难以言说的温暖。

“勇伯仔”象征的是台湾人民永远向前奋进的一种形象，从前在乡下，我们对那些勇力过人的老人家，以及到年纪很大了还在农田奋斗的长辈，总会亲切地叫一声“勇伯仔”。这“勇伯仔”很像卖担担面的人在门口挂一盏灯笼写着“度小月”一样，早期的乡间生活艰难，农民渔民在忙碌的时间叫“大月”，较闲暇时则叫“小月”。所谓“度小月”，是农田的工作告一段落，农人依靠卖面来赚取生活的补贴。

现在，卖面的人都不再是农人“度小月”了，而且一个小面摊的收入就比一甲地的农田收入要好得多，年轻人宁可到都市摆摊卖面，也不愿意留在乡下耕田。“度小月”虽在时空中变质，但“勇伯仔”还没有，我偶尔到乡下的农田总会看见许多我们这个社会的“勇伯仔”卷起裤管在各地的角落打拼。

“三好一公道”则是农村社会里出自人心真诚的流露，记得台湾光复不久的乡间，我们可以打交道的店家很少，比较常来往的是杂货店。

当时的杂货店给我留下了一些深刻的印象，那个时候没有什么名牌、也没有商品标示，所有的东西都是装在大缸、大瓮、大罐里，像柴、米、油、盐、酱、醋、茶等都是用“打”的。小时候帮妈妈到杂货店去打油、打酒、打醋都是非常美好幸福的经验，我总提着瓶子，一路唱着歌到远在数百公尺外的杂货店去。

老板拿个大勺，漏斗架在瓶子上，一勺就把瓶子灌满了。

然后，他会拿一本簿子出来，叫我在上面签字，以便年底时一起结账。我签名的时候感觉到一种意外的欢喜，觉得自己已经成长了，可以为父母亲分劳。

存乎一心，童叟无欺

回想起来，那个时候的杂货店，除了外地人，本乡的人都是不付现的，全是签账，一年结算两次，有许多农人不识字，连自己的名字也不会写，那就全凭杂货店老板“存乎一心”了。在我长大的年岁从未听见过有交易上的纷争，可见那时候的人比较有天地良心，那时候的店则比较能“童叟无欺”。

农村签账的传统，我想是来自于两个原因，一是农人的家里通常是没有现金的，他们要在一年两三次的收成里才有比较大笔的现金，因此现金交易变成不太可能，只好大家都赊欠。另一个原因是人与人之间互相的信任，买卖是站在一个互信的基础，买的人不认为会受骗，卖的人不认为会被倒，这种信任的态度是维持社会和乐最重要的基础。

比较起现在，有时就会感触良多，现代人所有的东西都有商品标识，却有许多是名不副实的，即使买东西时样样看标识，受骗的机会也非常多。这还是好的，任何人走进现代商店就会发现，大镜子、监视器到处都是，卖东西的人总是虎视眈眈，偶尔走进卖高级舶来品的店里，小姐们常常狗眼看人，流露出来的神情仿佛在说：“哼！凭你这块料也敢到我们这种店来！”

亲爱的亮亮，我在生活里是个随便的人，常常穿着布鞋和一件老旧的衣服就上街了，可是又喜欢随兴而为，一不小心就会走进名牌的店铺乱逛，这时我知道冷眼与无知的鄙视一定是免不了的，我自己虽然一点也不在意，（我们的情绪为什么要受势利的眼睛影响呢？）不过，一想到台湾社会经过几十年的奋斗，乡下有那么多的“勇伯仔”，有那么多人在“度小月”，才有今天，而服务的品质却不进反退，就会令人伤心。

这可以说是“三好一公道”的失落。在现代社会，三好是品质好、制作好、服务好，一公道仍然是价钱公道。

缺少平等心的社会

我们的服务不能好，就是缺少一个平等心，顾客一进门时就已经分门别类，逢迎高的、鄙视低的，正是整个社会的病态。记得我有一次在日本旅行，朋友告诉我在东京银座有个世界最高级的珍珠店，我特地跑去参观，由于旅行的缘故，我那一天蓬首垢面，一点看不出与珍珠有任何关系。我一走进店里，店员全部对我鞠躬，表现了极亲切的欢迎，有一位甚至热心地为我介绍橱窗里最名贵的珍珠，我害羞极了，只好表明自己没有买珍珠的意图，但他们并不因此放弃，一直引导我参观过店里的珍珠，才鞠躬送我出来，还齐声说：“噜摩·阿里阿多·狗踩麻薯”。

这种经验在台湾真是不可多得，有一次我到台北一家卖水晶的店去，有三位店员，其中两位对我冷眼相待，爱理不睬，有一位读过我的书，赶紧向其他两位说：“他是一个作家呢！”没想到背后响起这样的声音：“哎哟！我们店里的东西，作家也买不起呀！”

亮亮，你知道为什么日本商品如此强势，服务业勇冠全球吗？其实没有什么秘诀，原因正是“三好一公道”。我真想将来有钱的时候到银座的珍珠店去买一颗珍珠，而即使我有钱，也不愿在台北买冷冰冰的水晶。

真正的珍珠与水晶，是在人心，而不在橱窗。有平等心时，俗气的珍珠顿时有了光芒，失去了平等心，再明亮的水晶也与玻璃无异。

价钱在台北也逐渐成为迷幻的东西，根据消费者文教基金会的调查，台北的东西平均比其他大都市贵好几成，特别是号称高级的奢侈品，已经完全没有“公道”可言，可叹的是，人人习以为常，买更贵的东西，得到更坏的服务，就是今天台湾社会的真相。

为什么我们传统里好的“三好一公道”，在商业社会就瓦解了呢？那是因为我们认为商业就是这样，就是不择手段地赚钱，就是想尽办法掏空别人的荷包，忘却了商业行为里其实应该有人间的信任与公道，在买卖之间有人间的好。

维持人生的基本信条

今天我路过信义路，发现从前我受到冷嘲的那间水晶店已经倒闭了，使我感到叹息，想起使它倒闭的原因说不定不是水晶，而是店员。亮亮，现在正有更多的年轻人投入服务业，说不定将来你也会进入服务业，希望我们都能记住“三好一公道”，使这个社会有真正品质的提升，一个社会的优劣不是从购买力或高级的东西构成，而是由人的好品质构成的。

夜里，我到饶河街的夜市去买花生，卖花生的人也卖瓜子，还有进口的核桃、榛果、开心果，他很有耐心地叫我每一种都尝一尝，并且把核桃、榛果用夹子夹开让我品尝，最后我还是只买了五十元的花生米，他依然礼貌地向我致谢，这使我想起了乡间的小店，为之感动不已，知道即使是商人，也有许多人的心灵尚未失去光芒。

愈接近重商的资本社会，人越容易向物质屈服、越容易受到环境的左右、心灵越快被俗化、冷化、非人化，使我们步行在七彩的霓虹之中，感到无力与孤寂，要使自己更卓越，其实就是维持一些人生的基本信条而已，像“三好一公道”就是很好的信条。

让我们做这个社会的“勇伯仔”，让我们成为心灵卓然的人，亮亮，一起来努力吧！

苹果落下的时候

你问我 :“你们那一代的父母到底是怎样教育你们的呢? ”

你又问我 :“你们成长的背景又与我们有什么不同呢? ”

这两个问题使我陷入了自己成长的思索，我从前也常想起父母如何教育我的问题，但我想不起一些固定的答案，自我有记忆以来，父母好像并没有给我特别的教育，他们只是让我自然地长大、自然地活在这个世界上，如果有什么可以说明我父母的教育，很简单地说就是爱的身教。与现代父母比较，他们的教育是有所不及，因为我是长在农村的孩子，那时的农村孩子只要不早夭，能安然长大已经很不容易了。

你要知道，我的父母是生长在中国最动乱的时代，他们出生在日据时代的台湾乡村，对他们而言，受正规的教育根本是一个奢侈而遥不可及的梦。那个时代到处都是文盲，我的父亲与母亲都接受到小学高等科的教育已经非常不易，在一个只希望有饭吃、能活命的时代，能认识几个字已经不错了，还谈什么教育呢？

读书算不算教育？

不过，“教育”这两个字不应只限于学校，我的父母，以及他们那一代的人虽然未能接受好的学校教育，但是他们都受过很好的生命与生活的教育，他们勇敢地活着，面对天地，与恶劣的环境搏斗，在贫苦中不失去追求生命的尊严，他们在无形中把这些“教”给我们，并且用他们从老一辈承传来的信心与理念来“育”我们长大。

记得在我父亲未过世的时候，我有一次和他谈到台北有些私人幼稚园一学期的学费要八万多元，我们都非常感叹，因为八万多元正好是我们农田一甲地整年的收成。现代的家长以八万元一学期把幼儿送去接受幼稚教育，正反映出两个重要的东西，一是大人的补偿作用，由于上一代甚至我们这一代没有受过好的幼稚教育，希望把它补偿在孩子身上。二是社会的落差，显见每一代的社会观都有很大的落差，父亲那一代所受的教导，我们这一代所受的教导，还有下一代所受的教导已经有很大的转变了。

许多前卫的教育家，都认为从前的教育已不适合现代的孩子，尤其是儿童，所以就引进规划了许多西方教育孩子的方法，这些基本上都没有什么不好，可是新的教育不应只在幼儿。我们想一想，一个孩子从每学期八万元的幼稚园读起，然后他进入小学，就仿佛进入隧道一样，小学后进入中学，接下来就是残酷的狭隘的以升学为唯一目的的胡同，那么，那些被强调是新的活的幼儿教育立刻就被消磨殆尽了，又有什么用处呢？

升学主义的教育，使现代的家长和孩子都只好心无旁骛，升学，使家长在家里不敢叫孩子做任何事，升学，也使孩子在家里什么事都不用做。孩子唯一的职责是“把书读好”，而读好书唯一的证据就是“考试得高分”，如果考试考坏了，表示书没有读好，则家长与子女都不快活，两者同时处在强大的压力里面。只要读好书，什么事都不用做、不必操心的孩子，是不是算得到了好的教育呢？我认识许多大学生，读到大学了，不会煎荷包蛋、不曾洗过一只碗的女生比比皆是；而不会换电灯泡和修理保险丝的男生也比比皆是。这些“四体不勤、五谷不分”的“天之骄子”，他们得到了什么教育呢？

我是这样长大的

为了使孩子升学，我们几乎忽视了一切人格与生命的养成，在学校里，学生不要音乐课、美术课、体育课、公民与道德；在家里，孩子不用劳动、不必做家事、没有帮助父母的观念。他们只要安心准备联考要考的功课，只要会做选择题与是非题就好了，这样的教育光是想起来就多么令人忧心！

亲爱的亮亮，今天我不和你谈学校的教育，因为这方面你饱受其苦，外在环境也不可能改变，所以没有什么好说。今天我要与你谈的是家里的教育，让我来告诉你，我是怎么长大的，在只受了短短几年教育的父母调教下，我学到了那些可珍贵的东西。

我父母亲教给我最宝贵的东西，第一就是劳作。

小时候我们的生活很辛苦，家里总共有几十口人，依靠祖先留下来的耕地（种水稻、香蕉、甘蔗、番薯，以及杂类水果），还有父亲手中买下的林场（种竹子、桃花新木、南洋杉、树薯、相思林），以及在土地上养鸡、鸭、牛、羊、猪作为副业。你可以想象那样的生活是多么忙碌。所有的小孩子刚会走路不久就要投入劳作，最轻微的劳作是采香蕉花、晒谷子、挖番薯、喂鸡鸭、生火等等。到我们读初中时就被当成大人看待，凡是大人会做的工作我们都要去做了，例如搓草、施肥、割稻、砍甘蔗等等。

虽然我们还是一样上课读书，但是田里的工作一样也不能少，农人认为唯有如此才能昂然生活在天地之间，我的父亲常说一句话：“一天不种作，端饭碗时应知见笑。”意思是不工作只想吃饭是一种羞耻的行为，即使是孩子也不例外。

我来告诉你，我童年的第一个差事。那一年我六岁，有一天父亲在祖厅公开宣布我已经长得够大，从第二天开始养鸡与捡拾鸡蛋的工作由我接替哥哥，哥哥则被分到更艰难的工作。那时，我们家养了两千多只来亨鸡，数量不算多，工作却满艰辛的。我每天四点就被母亲叫起，摸黑起来搅拌饲料，提着大桶到养鸡场去，一边喂鸡、一边捡鸡蛋，通常工作完时天正好大亮，随便扒几口稀饭就赶去学校上学。放学时也要立刻赶回家，因为傍晚还要喂一次鸡。

使劳作成为习惯

喂鸡的工作是不分晴雨、没有休假的，以后所分配的工作都是如此，在很年幼时我们就把劳作当成是生活的一部分，由于劳作的习惯使我养成了负责的习惯，也养成了我的耐心与毅力。后来我读到禅宗的书籍，知道中国禅宗有“一日不作，一日不食”的家风，其实我们农村的孩子过的正是那样的生活。

我觉得现在的都市孩子，比不上农村孩子的手巧，并且普遍有懒惰之弊，就是不曾养成劳作与负责的生活态度。依照我这些年的观察，社会的成功者与失败者，只有一个简单的分界线，前者通常是勤快而勇于任事，后者则是取巧而不愿承担，所以，劳作是多么珍贵的教育呀！

我父母教给我第二个可宝贵的东西，就是惜福。

惜福，简单地说就是爱惜物力、人力。在这个世界上，我们衣食住行所需要的一切事物，都不是凭空落下的，即使只是一张纸，也是经过许多人的努力，经过许多时间的制造才到我的手上，如果我不好好使用它，发挥它的价值，就是糟蹋自己的福报了。

我们生长在农村，对于一切东西的使用都是小心翼翼，即使小到一个牛粪都要珍惜（因为，牛粪是生火的好材料呢），更不用说其他的事物了。

事物需要珍惜，人就更需要珍惜了。小时候有两件记忆深刻的事，一是我们幼年时家乡有卖豆花的担子，一天，一个小贩不小心把豆花担子翻倒，豆花流了满地，我和几个哥哥在旁边拍手叫好，并唱一首流行的童谣：“豆花车倒摊，一碗两角半！”正要下田工作的父亲看见豆花摊翻倒，什么话也没说，立刻跑过去帮那人捡碗收拾。收拾好后，我们不敢笑了，全都立正等待父亲，父亲很严肃地对我们说："不要嘲笑落难的人，想想看，你如果是卖豆花的人呢？"那一天，我和哥哥们简直为自己人格的卑鄙而惭愧死了。

另一件是，幼时家乡有挑粪的人，每隔一星期会到家里的粪坑挑粪（那些粪是农田里最好的肥料），我们走在路上常会遇到挑粪者。每次遇到了，一定立刻闪避得远远的，把头转过一边，还用力捏着鼻子。有一次与父亲同行，自然流露出这样的动作，父亲并未当场训斥我，而是等挑粪者走远了，才对我说："每个人与工作都是应该尊重的，永远不要在挑粪的人面前转过头去。"我当时抗议说："可是真的很臭！"父亲说："你认为挑粪者不觉得臭吗？如果你觉得臭，只要闭气走过就好了，不要又扭头又捏鼻子。"

这两件事使我记忆深刻、受益无穷。

有尊重珍惜的心

亲爱的亮亮，现代社会没有挑粪和挑豆花的人了，但是还有许多生活困苦的人，做杂工的、洗衣服的、修马桶的等等，甚至你将来如果当主管，会有许多的部属。对这些人我们都应有尊重与珍惜的心，这样别人才会尊重珍惜我们。

许多我上一代和同辈的人，都发出了现代儿童、青少年不懂得惜福的感叹，他们糟蹋人、糟蹋东西（这糟蹋两字要用台语来念才好），实在是社会极严重的弊病。有些专家把这轻松地说成是“消费习惯的改变”、是“青少年消费层次的提高”，我最恨这些不负责任的鬼话，我深信：一个人若对困苦者轻贱、对东西浪费，他很难成长为一个健全的人格。

我父母亲教给我第三个可宝贵的东西，就是自尊。

我有时觉得现在的孩子太幸福了，他们从读幼稚园就开始比手表、比衣饰、比家里的车子、房子。但有时也觉得现代的孩子太无知无理，他们有很多读到中学了，还不确知父母亲的职业与收入，只知道一味与同学比较，如果父母亲不能满足他，他就觉得有伤面子，甚至回来怨恨父母亲。这就是不懂得自尊。

所谓的自尊，就是知道生活的真实，并在这真实中保有自我的尊严。

我到现在都很感激父母从幼年时代就让我们参加家里的生产活动，他们常对我们说明今年的收成，有时遇到可怕的虫害或风灾，也会带我们到田园去，看田园凋敝的惨状。当我看到水田的稻子全被大水淹没，蕉园的香蕉全被大风折腰时，心里真是伤心难过，每当看到灾情我就知道，那一年我的新卡其布制服，我的新球鞋都在大水大风里淹没了。我们童年时不是没有欲望，但一想到父母辛苦的工作、荒芜的田园，就把一切欲望硬生生吞下肚里，并在毫无奢求的生活中培养出一种贫贱不能移的自尊。

很小很小的时候，我就知道："人穷没有什么可耻，不知努力生活才是可耻的。"

作为父母，俭肠摄肚让孩子温饱是应该的，但是不应该自己做牛做马受尽折磨来满足孩子无尽的欲望，因为欲望是最容易使人软弱而丧失自尊的东西。

不失去人的尊严

反过来说，一个现代青少年应该认识父母真实的生活，在少年时代就知道生活的艰辛、人生有成有败，使我们与父母之间有真诚的对待，同时，日后我们遇到艰辛与失败的时刻也才能不失去人格的自尊。

我父母亲教给我的第四个可宝贵的东西，就是道德。

这可能是有点老调了，连我如今想起来也为父母亲有那么强烈的道德观吃惊，他们虽未受什么教育，但却把礼义廉耻忠孝仁爱信义和平标为生活里追求的标准。在这一部分，我简直吃尽苦头，我的父亲在这方面是个格外严厉的人，我小时候常受体罚，都是为了不合父亲的道德标准。我小学时代曾为了在商店偷一罐浆糊，回家被打得半死，他说 ："我如果不让你牢牢记住这一罐浆糊，将来你出社会就会被看成浆糊了。"

我小时候很少受到父母的赞赏，因为我父亲认为，如果只有一丁点合乎道德标准的事就大加赞扬，孩子就会对道德的期望太低，日后就会成为德行平庸之辈。只有在发现难能可贵的道德事实时才加以赞扬，孩子才有可能成为道德高超的人。可惜我小时从未有什么可贵的道德事实，可是我很感激父母把道德期望当成是重要的事来教育我。

在现代社会，道德虽被看成是落伍的东西，不过，像良知、正义、大爱、同情是永远不会过时的，而这些基本的力量正是来自道德的人格。

亲爱的亮亮，生在你们这个时代是多么幸运，道德的压力被解除了不少，父母的赞赏也逐渐取代了处罚。然而作为现代人也不应该完全不要道德，我认为，一个人的胸襟和志气都是来自道德人格的追求，小时候没有道德的人格，长大而有胸襟志气者，未之闻也。

当然，我父母亲给我的教育还有许多可贵的部分，我只提出劳作、惜福、自尊、道德四项就可以知道上一代的教育，这于我不是特例，我们这一代的人普遍的都接受了这样的身教。

不过，亮亮，我要告诉你一件事，我们不必太相信伟人的童年。牛顿被苹果打中发现地心引力、司马光打破水缸、爱迪生孵鸡蛋、华盛顿砍樱桃树、孔融让梨等等，都是他们成功以后，童年事物才变得有意义，如果他们不成功，童年就没什么特别了。

每一个人活在世上都有意义

伟人的童年、青少年时代只对伟人有意义，我们的童年、青少年时代则对我们有意义，只要我们珍惜就可以创造其价值。每一个人活在这个世界都有意义，发明十字螺丝的人与发明电脑者一样伟大，发明抽水马桶的人与发明太空船的人一样杰出。我们不是杰出的人没有什么要紧，只要有健全的人生态度就好了。

我有一个朋友是大公司的主管，有一天在十几层高的办公室加班，看见隔着透明玻璃窗为他擦玻璃的竟是小学的同学，两人相见又不能对话，感叹良深，他说："我那时才知道玻璃窗那么明亮，原来是小学同学每星期用生命危险换来的。"只要有劳作、有自尊地活着，擦玻璃的工作也是值得我们尊敬与感恩的。

在不以升学为教育目的之年代，即使没有受学校教育的人也可以坦然活着。但是，在把升学当成唯一追求目标的今天，没有考上学校的人就仿佛被社会遗弃，甚至被社会、父母、自我都看成无用的人；而那些成绩好的也为了升学，忽视了人格养成的教育……这些深思起来是十分可悲的。

我想，特别是在升学主义的这个时代，人格的养成教育就格外重要，如何使不能升学的孩子可以肯定自我的价值，使顺利升学的青年不否定别人的意义，都是整个社会要努力学习的事物。

牛顿坐在苹果树下被打中，而发现了地心引力，这当然是了不起的发现，问题是，苹果树是谁种的？种苹果树的人不也很了不起吗？

亮亮，但愿我们都能永远学习，永远接受教育，时代虽然不同了，在追求自我教育这一点上，是永远不会改变的。

城市之心

前一阵子，淡水列车停驶的消息，每天都登满整版的报纸，许多人说出了他们心中的惆怅，然后，火车停驶了，淡水列车不但走完最后一程，也如一道轻烟，在传播媒体中飘飞散去了。我想起一些在报章杂志上热门不已的事件，却在极短暂的时间内被遗忘，这益发使我感受到这是一个变动快速的时代、善于遗忘的时代、无可奈何的时代。

就像你问我的一样：“一件事物的消失原是自然的事，为什么淡水列车会引动那么多人的情绪呢？”

是的，不只是淡水的火车，一切世间的事物如果有了起始，终究会消失的。然而一切事物在形式上虽然逝去，有一些隐藏在形式背后的东西却会留存下来，那些能穿越时空之流的东西就是对人生的感动与启示。

如果有一个人曾搭过淡水的火车，并在其中体会到人情社会的温馨，或印象到窗外的景物之美，他就在那一刻获得生命的感动，淡水火车于是成为他生命里不可忽视的环节，听到火车要停驶，焉有不惆怅之理？这生命里的人情之温馨与美之感动，往往会成为我们心灵的力量来源，有如火车一样推动我们前行。

无情事物的有情寄托

生命里美的感动固然能拨动我们的情弦，但这些感动若能提升我们到智慧的启示，感动就能长存。以淡水火车的失去为例，至少有两部分可以给我们带来新的人生观点。

一是万事万物都有因缘的生起与灭去，淡水火车的历史或许比人的生命还长，但也只是缘起缘灭的过程，它每天按着固定的时间走着相同的路线，经过相同站牌的停靠，然而，它每天运载的人都不一样，它和许多不同的人结缘，它可能看见一个小孩子上车，而眼见孩子长大成人、老去，有一天那孩子下车了，就永远不再上车。也可能，有一个人一生只坐过一次淡水火车，那么他们就仅有一面之缘。这样想时，我们会领悟到人生的历程也有如一列火车，大部分人的生命轨迹都是相似的，但所遭逢的因缘却有很大的不同，如何看见因缘聚散的实相，就会让我们穿过浮云，看见青天，知道因缘背后的意义。

二是因缘与情感是不能分开的，即使是无情的事物也可以成为有情的寄托。在这个世界上，就是再理智的人也需要情感的依靠，一个生命失落的人往往不是智识得不到满足，而常常是情感无所依托。我们心中有许多情感的油芯，却必须靠外在的因缘来点燃。许多坐过淡水火车的人，都表示这段火车象征了生命生长的历程，与火车的因缘虽了，情意却仍在，这才会感到若有所失，人与火车的关系让我们想到人与人间的情感与因缘，不也与火车十分相似吗？

无情可寄是生命的悲哀

亲爱的亮亮，人必须寄情于某些事物，才能使人生过得坦然勇毅，这是无法避免的事。当然，在我们年轻的时候，很少会想到“寄情”这样的字，因为我们要忙着课业、忙着恋爱、忙着理想的追求，实在是无情可寄。可是如果我们在青年时代不能认识自己的志趣所在、性灵所趋，等我们进入社会一段时间，婚姻、工作都稳定之后，就会很快地感受到人生的困乏与单调，接着，不仅工作的热情失去，甚至连生命最基本的追求也被消磨了。

在我十几年极端忙碌的工作经验中，看到许多无情可寄的中老年人，他们通常会展现出两种面目。一是冷酷的工作狂，他们不分日夜地工作，因为不工作使他们立刻失落生命的价值，使他们立刻陷进悲哀与无助之中，他们有许多是被认为社会的成功者，有名、有利、有权势，但我们在这些人身上看不出人的舒缓、自在、从容、坦荡的风格，这实在是令人悲悯的。

另一种是放浪的麻醉者，他们在长久上班工作后，对人生真实的价值已失去追求，甚至对工作也已经绝望，工作只是餬口的工具罢了。不工作的时候，他们在黑暗的酒色之地把自己灌醉，或者徘徊在麻将台与舞厅之间消磨最后的壮志，我们在这些人身上看不出人的庄严、热情、积极、承担的气质，这更加令人同情。

如果是一个具有热血与理想的青年，进入一个新的工作，就会很快察觉到自己的上司或同事有许多这样的人，这还是好的，更糟的是，我们会发现许多主管是人格猥琐、道德沦落的人，他们不是无情可寄，而是把大部分的心力用来斗争、争宠、互相构陷，却又自以为得计。看到这样的人，会使我们愤懑、不平，甚至捶胸顿足，我在青年时代就时常有这样的心情。

我相信，没有任何青年希望自己变成那样的人，可是为什么现今的社会竟有这么多那样的人呢？说穿了很简单，就是四个字“无情可寄”。

自己有一片清朗天地

现代的城市生活，其实是很不适宜人的生活，过度的忙碌使城市人都像热锅的蚂蚁，被一种不可控制的匆忙节奏所主宰，每天的时间都被零碎的分割，很少人可以从容地过日子。再加上极度泛滥的物质诱惑，使人习惯于追求感官的生活，并误以为感官的生活才是精致的生活，大家拼命地忙，舍身地工作，无非是要换得感官的满足。还有，人人崇尚比较，从衣服的牌子、薪水的数目一直到房子、车子，无一不比，几乎没有人能安于现状、满足于生活，于是，大部分城市人都像走马灯，转个不停。

亮亮，我在城市里的生活，到今年正好二十年，比我在乡下的岁月还长得多，早年依靠呼叫器与紧急电话过日子，到如今想起来还心惊肉跳。我之所以没有变成非常忙碌、极端感官、崇尚比较的城市人，到今天还能维持独特的风格面貌，未曾被这个城市“同质化”，就是因为落实了年轻时对志趣与性灵的追求，即使在最忙碌工作的那几年，我都没有放弃创作的工作，以及对人类文化终极的关怀。这可以说是我的“寄情”。

寄情，不是在外面寻找寄托与慰藉。

寄情，是在转动的世界中，有自己不变的内在风格；是在俗世的花草中，有自己一片清朗的天地。

但是，寄情也不是与外在环境无关，譬如说生活在乡野的人，若要寄情于山水，心中必先有山水风格；生活在城市的人，若要寄情于人文，心中必先有人文气质。若无山水风格，则不能见山水之美，若无人文气质，则不能触及城市的心。

我非常赞同在年轻的时候，就能有所立志，因为有所立志，则可以开发出人心里无限的创造性，有了创造性，则不论从事什么职业，无论职位多么卑微，都能建立一个平坦、自然、无怨的生命态度。

拯救城市人的心灵

今天我们居住在城市工作、生活，心里多少有一些无奈，但必须认识到我们为何选择城市而不选择乡村山野的生活，或甚至避居于山林深处。如果我们住在城市，只是因为城市比较容易谋得三餐、城市比较能享受生活，那么我们的生命意义不免会沦于狭小浅薄的境地。

我们不是为了这样而选择城市生活，我们应有更高越的胸襟。

亮亮，至少对我来说，住在城市比较能让我完成一些对人、对文化、对创造的奉献，甚至是在更混乱的环境中来完成自我。城市虽是复杂的、多变的、欲望的、罪恶的地方，但在这些碰撞之中，会有火花产生，这些火花可以让我们反省人性，知道人不屈的自尊与独立的风格多么重要，并使我们知道要拯救人类的心灵，一定要从城市人的心灵救起。

最近，我常在星期天看一个美国的电视影集，这个影集台湾译成“铁胆柔情”，但原名是“城市之心 (Heart of the city)，它是一个纽约警官的故事，这位警官把自己看成是城市的心灵，企图用自己的热血与勇气来拯救一个罪犯充斥的城市。就是十岁的小孩子也看得出，这个小警官尽一生之力不能完成他的志业，甚至还要付出比他的同事更大的代价（他的妻子就是被歹徒枪杀的）。

但是，它的感人之处就是在他永远不能完成志业而永不放弃，他的热血与勇气使他有独立的风格与卓越的志气，纵使这个城市会继续败坏下去，而一个警官的奉献是使这败坏少一些、慢一些的力量。

这种不可及的、伟大的理想之坚持，就是他的“寄情”，并不是处在罪恶的城市而使他有这种“寄情”，而是因为他先有了这样的人格，不论他从事什么职业、担任任何职位，他都会成为“城市之心”。

亲爱的亮亮，我相信你将来也会在城市求学、工作、生活，甚至把城市做为自己的根。我希望你在青年时代就能确立一些风格与情调，让自己也成为城市之心。我也深信你到了我这年纪，经验许多沧桑，看过许多的迷失与堕落，仍能在静夜独处时，听见自己青年时代跳动的心脏声音，感觉热烈的血液仍在胸腹流动。

人人都可能是庸碌单调的城市人，人人也都可能成为城市之心，你愿意怎么样来选择呢？

第二次黎明

不久前，与几位作家朋友到花莲去。

我们去的那天下午阳光普照，虽是初春，阳光已颇有威力了，加上台北最近空气污染严重，时常拉禁止呼吸的警报，使人感到格外闷热，我走过忙乱的忠孝西路的时候，简直都快窒息了。

当火车穿出台北，往东部开去的时候，天上突然下起绵绵的雨，雨势虽小，却很快濡湿了远方的山林与近处的禾苗，那些新春的草木如此之绿、如此清明，差一点就让我欢呼出声，我痴痴地靠着自强号雪亮的车窗，看着绿色有如一条河流，自我的眼前流去。

这样美丽温润的景象，使我警觉到台北是多么不适合人的居住，它有最坏的空气、最坏的交通、最坏的景观，每天出门总有一些闲气，如果有一天能心平气和地出门，还能心平气和地回家，就真的是阿弥陀佛了！

可是，我们因种种理由，不得不在这个城市里工作和居住，想起来真是无可奈何的。

知识分子的胸怀与悲情

这一次到花莲，与我同行的有一位孟祥森先生，孟祥森笔名孟东篱，是我敬仰的作家，他曾在花莲住了十七年之久，他虽出生在中国北方，却把花莲当成自己心目中的故乡。

我与孟先生是初识，不过感觉好像已经相识好久了，我觉得在现代社会已经很少见到像他这样风格清朗、人格高尚的人。他对生活的实践与对生命的热爱，在他的许多著作里都深刻地启发了我。

他因为喜欢花莲，又想实践一些生命的理想，举家迁到花莲盐寮海边，他买了一千坪的土地，自己动手在海滨搭盖了六间竹草组成的房屋，有几年的时间，他整日都在海边写作、散步，与沉思。

我虽然和孟先生一样，曾经隐居在乡下一段时间，不过一直觉得自己尘心未断，住的地方不够偏远、生活的琐事也很复杂，最后还是不自觉地回到了城市，每当朋友问我为何又回来住台北，我总是玩笑地套一句热门的话说："因为思凡思得厉害！"

孟先生最近也迁居到台北，他住在北投。他为什么回到城市，这使我感到非常好奇，忍不住问了他，他说了三个理由，一是住在盐寮太久了，感觉到生活太单调沉闷，想要一些新的事物。二是他一直很关心世界的变动，想要对这变动有所回应，盐寮的资讯太慢，常常他一想反应，那件事就过去了。三是解严后，一个知识分子有很多事应该挺身而出，他最关心的环境保护、森林保育、生态维护种种问题，唯有在台北这样的都会才能有所发挥。

他的回答，使我更接近了孟先生那种承继了中国知识分子的胸怀与悲情，这种胸怀是思考到比较广大的空间和比较长久的时间，充满了理想色彩，希望透过自己的努力实践，来改变及创造一些东西。其悲情则是，理想的实践常常要付出个人悠游的代价，而理想的目标往往有时是遥不可及的，明知其不可为而为之，就是悲情。

回归单纯的身心

亮亮，我们生在这个时代，特别是住在城市里的人，天天看到的都是为着物欲奔逐的人、永远不能在生活得到满足的人；看到了用贪婪堆积起来的汽车与房舍；看到了用诈欺所捆绑出来的包装与广告；看到了用无止境的淫靡与浪费来刺激感官的消费主义；看到了不合理的、可笑的、可怜悯的人在道路上穿梭来去……常常使我们忘记在这个时代还有许多高风亮节的人，还有许多纯净明朗的心灵。

到花莲，我们到盐寮去看孟先生亲手盖的房子，他的草房背山面海，距离海边是那么近，近到可以呼吸到海的味道，可以听见海浪冲刷岩壁的声音，这使我想起了我还是五、六岁的孩子时，在故乡住的房子，好像还能听见夜里蛀虫啮咬着梁柱的声音。那是一种回归到单纯身心的生活，可惜已经离我们非常遥远了。

从盐寮回到花莲市的路上，我们在路边看到一个沿海边堤防筑成的夜市，于是就下车去逛夜市，原来寄望能看到一些属于花莲的东西。非常令人失望的，我们看到了宾果、电动游戏、赌博的摊子，属于花莲特色的事物竟一样也没有在夜市里，我一直走到最靠海的夜市的尽头，抬眼四顾，看到远方的渔火点点，心里有一种失落之慨，那或者也是一种文化的悲情，就仿佛路过花莲最大的那间造纸厂，弥天的烟雾、不能躲藏的臭气，令人不自禁要叹息起来。

夜里住在一家叫稻乡村的旅店，被屋子后面的大理石工厂吵了一夜，不得安眠，想到我少年时代数度来到花莲旅行居住，现在已经完全改变面目了，这个东岸小城固已改变，我何尝可以回到那只有欢歌的青春呢？

幸好，这种忧戚之感在第二天就被一扫而空了，我和孟东篱、诗人敻虹、痖弦、高信疆、小说家苏伟贞一起到“静思精舍”去拜见花莲慈济医院的创办人证严法师。

证严法师不仅是花莲的传奇，也是近代中国的一个奇迹，她赤手空拳、披荆斩棘地在花莲创建了一座伟大的佛教王国，凭藉的只是她无限的悲心与愿力。现在，“慈济功德会”在全省有三十几万的会员，每年所募集的济贫疗病的基金达数亿之多，这些钱都是几十万人省吃俭用所布施出来的。

抬头挺胸的行善

这使我非常感动，我们这个社会虽然有很多人为追逐名利权位而奔忙，但也有很多人默默地奉献心力，想要拯救净化这个社会，三十万人比起两千万人固然是少了一点，但是在两千万人里一定还有更多潜在的三十万人，只要能开发这种力量，我们居住的地方仍然非常有希望的。

“慈济功德会”有两件事特别使我印象深刻，一是他们向来不收“无名氏”捐赠的钱，无名氏的善款原是中国人“为善不欲人知”的传统，许多人布施行善时都喜欢做“无名氏”。慈济不收无名氏的钱有两个原因，一个是那么多无名氏，容易使账目混乱不清，另外是他们鼓励人要抬头挺胸的行善，行善是可歌可颂的事，何必害羞呢？

二是他们虽鼓励人行善，却时常婉拒别人的布施。在“慈济医院”初建时，经费无着，曾有一位日本人要捐出两亿美金给慈济，被证严法师拒绝了，原因是慈济医院是为众生而盖的医院，希望也由众生来完成，由千万人的慈悲心成就的医院，不是更令人欢喜吗？不是更合乎佛的本怀吗？还有一些人动辄抱着千万、百万来奉献，师父通常会叫他们回去想清楚再把钱拿出来，她说：“布施是令人欢喜的事，我不希望任何人布施以后感到遗憾或后悔。”

“抬头挺胸的行善”、“无憾无悔的欢喜布施”是多么令人动容的事呀！慈济有两句人人会颂的话：

福田一方邀天下善士，

心莲万蕊造慈济世界。

亲爱的亮亮，慈济功德会的事迹是不是给你更深的思索与启示呢？每当我看到这样光风霁月的襟怀，都激发了我生命更大的勇气，觉得自己的力量虽然微薄，只要努力开放、散发人格的芳香，就会留在远飏的风里，不至于被黑暗淹埋。

从花莲回来，我知道了这世界上有很多人默默地在奉献自己的心力，使我觉得一个人应该时常检视自己生命的动机、过程，以及前进的方向，然后抓住那最清纯的“初心”，来做自我的完成，甚至与世界一起完成。

为什么而写作

昨天夜里，有几位年轻的有志于写作的青年朋友来看我，谈起对于写作是多么的向往，大有舍写作之外生命就无意义的味道，于是我问他们：“你们有没有真实地检验过自己的动机？为什么写作？为谁而写？为何而写？”

然后，他们的脸上都流出一种充满质疑而茫然的神色。

我说：“如果你们是为利而写作，那么，你们应该去做生意，因为写作的待遇是很微薄的。”

“如果你们是为名而写作，那么，你们应该去唱歌或演戏，因为在这个时代，唱一首歌成名远胜过写十本书的人。”

“如果你们是为兴趣写作，那么，宁可喜欢音乐、美术、电影，因为那些有丰富的声光颜色，而写作只有文字。”

“如果你们是为改革社会而写作，那么，应该去从政或做社会运动，因为文学的改革是最缓慢的。”

“如果你们是为救人而写作，那么，应该去做医生，文学只有些微的心灵救济，对救人是没有实效的。”

……

他们听得都呆住了。为什么要有这些思考呢？我年少时代许多好友都立志以写作作为终生的职志，可是到今天，只有我一个人还在黑夜的灯光下写作，想起来颇有寂寞苍凉之感。如果我们不能确定那最清纯的“初心”，我们很快就会失去坚持，没有了生命的目标。

有一个年轻人突然回问我说：“那么，你为什么而写作？”

问得好呀！亮亮！我是为了开发自己智慧的潜能而写作，是为了向这世界作更深的思考而写作，是为了自我的完成而写作，是为了成熟这世界而写作。

我们的生命如此短促，每天夜里临睡前，我都忧心地想着：一天又过去了，我给过这世界什么呢?

在一天里，绝不可能有第二个黎明，在黎明的时候让我们许个愿望吧!

让我们做一个风格清朗，人格高尚的人!

让我们怀抱着知识分子的理想与悲情!

让我们抬头挺胸地行善，无憾无悔地布施!

让我们努力地完成自我，并促使世界完成!

当我们的心突然有着光明的一闪，那是第二次黎明的到来，时间里没有两次黎明，但心灵却可以有无数次的黎明。亲爱的亮亮，你说是不是?

身怀宝刀不杀人

我读到了两则台湾的新闻，一则是台湾的一些大专学生以一万五千元的代价，把自己卖给证券公司当股票人头。一则是台湾许多人正着迷于大陆的娃娃鱼，新闻每天报导，走私无日无之，据说身价已高达数十万，甚至百万之谱。

这些新闻通常大家都是一笑置之，很少会进一步思考，由于我曾在新闻工作有十几年的时间，现在虽然离开新闻界，仍经常思考新闻所透露的讯息。我一向认为这个世界上，没有一件新闻是独立的，它一定会和发生新闻的社会、人民、文化有不可分的关系。因此，以一万五千元出卖自己身分证的大专学生，用数十万元买娃娃鱼，这可以看成是台湾社会的环节，也是我们这个社会的"特色"，在别的国家似乎不太容易发生。

失去价值反省能力

回观我们这个社会就更令人感触良深。在大陆，一般人民一个月的收入还不及数千元台币，而我们竟有很多人花数十万元来买娃娃鱼，又由于根本不会养，使这稀有的两栖鱼类，一只一只地死去，更想不到的是，一只四、五十万元的娃娃鱼竟被公然地煮来吃，吃的人还在电视上说得津津有味。

真是可叹呀！我们就可以联想到近几年台湾社会发生的事，像大家乐与六合彩，像股市和房屋价钱的狂飙，人人都为了金钱在那里奔走焚烧，大家表面上都很有钱了，但是内心里却缺乏得更厉害，人人谈钱而“变色”，得之则喜，失之则忧，大家对于钱以外有价值的东西已经完全漠视了。于是许多无所不为的心态产生，许多从前的人不敢想象的恶事发生，许多出卖自己人格、践踏别人权益的事情每天都在发生。

娃娃鱼的事更是似曾相识，在这前面有獒犬、有红龙、有兰花，都是社会上爱好奇技淫巧之风的表现，人们往往对一件事的价值观失去了反省能力，他们不会问这东西有没有价值？而是因为有钱了，不知道怎么去用钱，于是几十万就像垃圾这样丢出去了。

固然，几十万，甚至几百万对真正有钱的人不算什么，他们想干什么就干什么，别人怎么管得着呢？值得反省的观点是，难道我们这个社会真的无事可做，真的没有什么值得人奉献的事情了吗？

人道、人文、人本的失落

面对我们这个社会，我经常有着痛苦的反省，最大的反省是，这个社会逐渐地在失去人道、人文、人本的精神。人道、人文、人本的精神都是“人性”中最珍贵的品质，一旦失去这“三人”，人性就失落了，禽兽、动物、畜生的本性就显露出来了。想想看，人如果沦为禽兽、动物、畜生，则社会将变成什么样子？

从人道来看，我们养红龙、娃娃鱼，甚至有餐厅卖红龙、娃娃鱼，都是不人道的。由于它们是稀有动物，容易引起人的注意，我们想想看台湾的许多稀有动物，像石虎、猕猴、云豹、黑熊不也是这样被吃掉的吗？

有一次我路过华西街，在这条街上有数十家卖蛇的店，他们每天把蛇挂在柱上，当着众人的面，把蛇胆挖出，让蛇血流出来，蛇胆、蛇血，泡着酒喝，那条被杀的蛇还活生生地在那里扭动。吃胆喝血的人目无所见，然后蛇店的人把蛇整条剥开，蛇皮扯下来，蛇肉则当场分成两部分，一部分煮汤、一部分炒食。

站在人头熙攘的街市，我的感觉不像是在台北，而像是在某一个未开化的蛮荒部落，看着一幕幕悲惨的血祭。那一次看到有一位中国人带几个外国朋友在围观杀蛇的行列里，中国人问他的洋朋友："这样的场面在美国看不到吧？"

美国人说："在街上公开杀动物，在美国真的是看不到！"

是呀！在任何一个人道的社会，这种暴力嗜血的场面是看不到的，我们却天天有，每一家蛇店一天就要"表演"几十次。我们还在街头公开地杀过鹿、老虎、猴子，几乎无所不杀，在街道上被这样教育长大的孩子，怎么能培育起一点人道的心肠呢？

最近看到一则报导，说在广州的青萍市场是专卖"野味"的地方，什么珍稀的动物在那里都可以找到，而且当场宰杀。成笼的波斯猫养得肥肥的，任人选购，当场宰杀。在路边的烧腊店里，挂着成排的乳猪固然不稀奇，有些店挂着的是成排的烤小狗。

像动物追逐腐肉

一个不人道的社会，一个不能给下一代人道教育的社会，我们所信念的人与人互相的尊重，对万事万物的爱惜都会沦于口号！

不人道的社会通常也就是不人文的社会，不能有文明生活的社会！在我们这个地方，听说光是雏妓就有十万人以上，这些在十几岁就被推入火坑的小女孩，是应该由整个社会来负责的，我每想到有十几万年幼的小女孩子活在生不如死的地狱，都使我心肝碎裂，以作为这个社会的人感到可耻。社会的男人沦落到这样，谈什么未来，谈什么光明呢？

雏妓再可怜也是在暗处，最近我们常看到有人当众脱衣，她走到哪里就裸露到哪里，不管是总统府广场、不管是立法院、不管是街头，或者是酒店、牛肉场，她说脱就脱，并不以裸露为耻，这真是文明丧尽，是不人文社会的表征！

更可怪的是，报纸、杂志、电视争相报导采访，把脱衣者当成明星追逐，完全失去文明与道德观点，大家都像动物追逐腐肉，想起来真是令人忧心。

我们还看到签赌大家乐与六合彩的人，一旦扛龟（这两个字真好）就拿神像出气，因此有一段时间，全省各地的河边、山野都有被断头去足的神像，由于赌钱输了，就把原先信仰的神像砍断，这在文明社会也是从未听闻的事。

前天在报上还看到，一位此地颇有名声的美容师，把前来做脸的人撕下来的人皮，用一千多张人皮做成一件“人皮披风”，这种完全没有美感的事发生在做美容的人身上，格外有一种不文明的反讽。

什么是文明呢?

套用一句武侠小说的话："身怀宝刀而不杀人！"

武功高强、身怀宝剑的人，不用来杀人，不用来伤害世界，就是文明。

为后代子孙保留乐土

我每次看到武侠小说里有一种人格类型，就是口袋里有一些银子的顽劣子弟，他学了一招半式就去闯荡江湖，说话粗声大气、骄横凌人、轻贱人命，这时我就仿佛看到一个现代的台湾人。我们有几个钱是没有错，可是我们太不文明了，胸无宝刀还要杀人，正是武侠小说中的反面典型。

在文明的社会里，政治、经济、社会、文化、生活都是密不可分的，不能只有钱而不管其他的事，唯有在文明上有一点认识，能走向追求好品质的人性社会，才会有希望，如果走到哪里动不动就把衣服脱下来，那和禽兽有什么两样呢?

从人文的观点，我们也看到一个人本的观点。"人本"，是一个很简单的概念，就是“以人为本”，而不是以机械、以工厂、以汽车，或足以妨害人的生活的东西为本。

例如说台北的交通很混乱，最大的原因正是不能以人为本，在台北我们不能在人行道上安心散步，因为人行道全被摩托车和摊贩占领。在台北我们不能安心地走斑马线，因为永远有不顾人命的汽车狂叫而来。这就是“非人本”，而是“物本”的社会。

例如说台北的空气很肮脏，最大的原因也是不以人为本，我们为了经济、工业，或某些微不足道的理由，把脏的空气全喷到外面去，别人吸死了活该，我只要能赚钱就好，只要把我家的冷气开了、汽车的冷气开了，门窗全部紧闭，管他外面的人死活，谁想到这社会虽然如此富裕，没有汽车、没有冷气的人还多得是呢！

例如说台湾的蔬果食品农药残毒和食品添加物都很严重，简直到了令人致命的地步，可是种蔬果和卖食品的人哪里管过别人的死活？

我们的生态环境、山林品质、河川污染等破坏的问题，就是由于没有人本的基础，忽视了人的存在，乃至忽视了后世子孙的存在。

我每每看到报纸上欧、美、澳洲各地房屋的广告，说是“黄金海岸”、“空气清新”、“交通便利”、“为后代子女找一片乐土”

的字样，来吸收台湾有钱人的投资，就会感到无比的辛酸。为什么有钱的人不肯把自己的乡土建为空气清新、交通便利的乐土，却无情无义地践踏乡土，到外面世界去找乐土呢？

然后我们看到了电视上愈来愈多宠物的节目，那些猫狗猴子小猪等等，穿上等衣料做的衣服，喝牛奶吃冰淇淋，甚至喝啤酒和上等的白兰地，到比人更贵的医院去看病，每星期花一千元到宠物美容院去洗毛修指甲……亮亮，像我们这样生活中等的人看了都不平，何况是那些为了起码的温饱，每天拼命工作的穷人，他们看了会作何感想呢？这也是“非人本”的，对人失去最起码的关心，而寄情于宠物，正是一个社会开始沦落的温度计。

不要向人性告别

我们的社会、我们的学校、我们的家庭，我们整个教育成长的环境，从来没有一套好的人道、人文、人本的教养，这实在是一个有钱的社会最可悲的地方。我们在追求欲乐、追求热闹、追求感官的满足，但是我们是在向“人性”告别，是在走向一个冷硬的、禽兽的、不可追回的道路。

亲爱的亮亮，我们的人生真的是很短促的，不管过去的台湾社会如何、过去的中华民族如何，我们一定要往人道、人文、人本之路努力，这是你们这一代无可规避的责任，也才有可能建造出一个适合人生活的地方。

最近有一位朋友送我一副对联，只有八个字：

三人成众

十方来朝

夜里，我思索着人性的失落与败坏，这一副对联给我很深的感触，我们是活在众人中的一个人，不论言语、思想、行为，都要考虑会不会伤害别人？会不会给人不便？有没有利益别人？人人都这样想，才有“成众”的可能。

唯有一个社会尊重基本的人道、人文、人本，这个社会才是人人乐于前往的地方，试想，为什么我们总想要移民到欧洲、美国、日本，而不肯移民到非洲、东南亚、中国大陆呢？原因何在？值得好好想一想。大家都想去的地方，就是“十方来朝”！

亲爱的亮亮，我们总说二十一世纪是中国人的世纪，可是反省是令人痛苦的，想一想华西街上挖胆剥皮喝血的画面，想一想台湾青年一张身份证一万五的悲哀，想一想在荒漠中艰苦种作的大陆农民一个月收入只有几十元人民币，想一想台湾黑巷里任人凌辱的雏妓一天只有二十元的零用钱……

亮亮，多想一想，然后以含泪的眼睛，展望我们的二十一世纪吧！

半天笋与恨天高

到屏东去，朋友告诉我现在光是屏东市就有五家证券行，许多当地的或附近乡镇的民众都在做股票，包括老师、农民、工人，以及地方上的公务员，这使得居民们常把股票的涨跌挂在嘴上，而从前在乡间很少人使用的随身听，现在也销路大增，随处可见了。

屏东市区有证券行还可以理解，听说现在连潮州也开了一家证券行，在股市好的时候，证券行里常常开香槟酒庆祝。

亲爱的亮亮，我们可以想想一些有趣的画面，农人一边耕田一边戴着随身听的耳机听股票消息，一群终日与稻田为伍的人互相举起香槟酒庆祝股市大好，还有下田以后，围在老榕树的门口庭前，不再说起生活的近事、人间的悲喜，而谈着利空与利多，大户与“明牌”[①]，长黑或者长红等等。这些有趣的画面是不是给我们更多的反思呢？如果连农人都不能安于农田，工人无法安于做工，那么这个社会最基础的根基就为之动摇了，这一点是令人感到忧心的。

台湾人到底有什么毛病？

朋友告诉我，现在乡间的大家乐与六合彩都已经没落了，大部分乡民都知道大家乐与六合彩是有去无回的，玩股票则不会如此，不论涨跌，手上的股票总还是在的。而在乡下大家对股票的认识并不是很深刻，例如，不论是大家乐还是六合彩时代留下来的“明牌”,现在买股票的人还是到处求,并且对“明牌”深信不疑，这与城市里的股票族以紫微斗数推算股票涨跌，颇有异曲同工之妙，显见在我们的社会，不论城乡都没有健康的社会心理基础。

亮亮，我个人不反对股票的投资，但是我担心股票增长了人的贪欲，动摇了人对价值的观点，以及让人不能安于平实的工作与平凡的生活，特别是听到乡间的许多农人休耕去玩股票，使我

① 指彩票开奖前由媒体或“消息灵通人士”预测的中奖号码。

的心有如挂着秤锤，在乡间的几日都感觉到不能轻安自在。

有一天，朋友带我到餐厅去吃饭，问我："要不要叫一盘半天笋来吃？"

"什么是半天笋？"这名字取得真美，我忍不住问。

"半天笋是槟榔树的心，把整棵槟榔砍倒，可以取出如大拇指宽的一条心，一棵树只能炒三四盘，很珍贵的。"

"砍断槟榔树，那树不是死了吗？"我说。

"是呀！是呀！所以才稀少珍贵！"

朋友告诉我，由于半天笋很少，一盘在乡下就卖到五六百元，听说台北的餐厅也有，一盘要上千元。半天笋与一般竹笋有什么不同呢？听说除了滋味鲜嫩之外，它还和槟榔一样，会有兴奋与麻醉的感受，没吃过的人，有的吃了甚至会"醉"呢！

我当然没有吃半天笋，因为我觉得自己的福报，还不足以承受一盘数百块的半天笋，那一天我们吃饭总共才花两百元，其中吃了一盘乡下的麻竹笋，滋味甚为鲜美，我觉得这样就很好了。

走出餐厅，我一直在思考一个问题，我们吃的东西已经够好够多了，不知道是什么样的人才会想到把槟榔树砍断，来吃其中的半天笋？这是不是像有些人吃红龙鱼、娃娃鱼一样，除了好奇尝新之外，反映出心灵的残缺？想一想，把一棵大槟榔树砍掉，只为了吃拇指大的树心，我们台湾人到底有什么毛病呀！

亲爱的亮亮，我们这个社会真的出毛病了，这毛病是大部分人不能知足感恩，不能安于平常、平凡、平实、平淡的生活，以至于身心不能安顿，在波动中，使我们忘失了生命的真意，以为人生只是多赚一些钱，吃一些新鲜的东西，那么，人的一生是多么可悲呀！

社会之病就是人心之病

心不能平，则身不能安，我们看看股票行中追逐金钱的人，听听夜半中经过走私进来的枪声，想想偷渡而来的东南亚雏妓，以及从乡间各处贩卖人口而来的妓女生活在暗无天日之中，观照一下有许多台湾人透过卫星在澳门马场赌钱。还有，偶尔在路上看见车辆轻微碰撞，两个驾驶人下来大打出手，甚至互相凶杀；喝一瓶六千元白兰地像喝水的所谓大亨；官商联手把几十甲树林铲平来盖仅供富豪使用的高尔夫球场……我们这个社会真是有病了！

解决社会的病，药方就是人心，因为社会的病是人心病态的延伸，人心如果要无病，就要使人心得其平。

我们的社会从前向以治安良好著称，那是由于从前的台湾贫富差距小，贫者看富人不会眼红，富者看贫人不会眼白。再加上从前投机者少，富有的人都是真正经过努力奋斗而成功，现在的富人，一种是少承祖荫，是富翁的第二代或第三代，生来富贵骄纵，逐渐失去他们父祖勤俭的风格，对贫贱者也较少同情之心。另一种是投机炒作致富，他们的钱财得之太易，所以纵情声色，生活狂慢粗鄙，只要对自己有利，把整个社会的公义拿来垫脚也在所不惜。——这样的富人使社会的败坏加速。

反过来看贫穷的人，现在绝对贫穷、三餐不继的人虽然很少很少了，但大部分的人却反而沦入了“相对贫穷”之中，比起那些亿万豪客，我们这个社会的公务员、小企业的员工等中产阶级都算是穷人了，至于农人、工人、渔民则都是穷得不能再穷了。

这不是夸张之词，前一阵子敦化南路有一幢住宅大厦出售，每坪的售价最低是九十万元。我们想想，一家公司的中级主管，薪水约在三到四万之间，假设他每月可储蓄一万的话，要九年时间才能买到一坪，而广告上说：“感谢王董事长一次购买三百坪。”任何人看到都要感到愤愤不平的吧！

房子现在已经成为社会抗议最主要的诉求了，这是贫富差距最具体的展现，实在值得我们好好想一想。房子可能是太大的题目，谈小一点的好了，百货公司名牌店里的衬衫鞋子动辄上万，小市民看了心血怎能不沸腾？

台湾钱淹头壳

我喜欢喝茶，有一次看到一家茶叶公司把冻顶乌龙茶命名为“恨天高”，茶价高得离谱，只卖给有钱的人，一般人不要说喝茶，只要看到价目就要“恨天高”了。这令我想起就在十年前，最好的茶和最差的茶相差不会超过五倍，现在一斤冠军茶要卖一两万元，最差的茶是四五百元一斤，差距达到数十倍。我觉得这不是偶然的情况，而是贫富不均的结果。

在一个正常社会，贫富不均通常是社会发展的警钟，试想一想，有钱的人为所欲为，吃“半天笋”，一般人则对一切都“恨天高”，无法一起享用经济发展的成果，社会如何能安，人心如何能平呢？

亲爱的亮亮，我有一个朋友常爱玩笑地说：“台湾钱淹头壳”，这原是改自一个台湾俚语“台湾钱淹脚目”。从前台湾初开发不久，由于土地肥美、人民勤奋，生活比大陆沿海的乡镇好得多，所以才说“台湾钱淹脚目”，也才吸引了我们的先祖，移民到这个美丽之岛。可叹的是现在钱太多了，全淹到人的脑壳，使人头脑不清，世故势利，最后连眼睛都被淹住了。

钱淹住脚目是好的，至少全身都还能自由活动，可以随时拔足前进，但钱淹得许多人耳不能听、眼不能见、脑不能想，就是一件很悲惨的事。如果再加上富者益富、贫者日贫，社会的地基便会崩裂。

亮亮，在我们的青年时代，谋职、工作、思考时，很少以金钱为优先，总是以理想，为人群奉献的热情为前导，这使我十数年来都还有着理想的怀抱，那是因为我深信一个人的生命短暂、生死无常，若把短暂的生命来作为金钱的奴隶，是非常不值的。

我希望你有不屈从于金钱的壮志豪情，也祈愿新一代的青年能少把无价的生命花在金钱的追逐。否则，整个社会成为“钱坑”，人的良知、正义、无私及一切高尚良善的品质便会被埋葬，文明的前途也将一片死寂。

亲爱的亮亮，“半天笋”再好吃，我也可以不吃；因为“恨天高”，所以要和天比高；这是我们的志气，世界上没有比志气更重要的了，你说是吗？

风筝与白云

很久没有去八里了，到八里去访友，吃了一惊，八里在马路开发的短短几年间改变了面貌。

朋友住在八里观音山的半山腰，是一间老旧的三合院，背山面海，站在屋前的土墩上，可以看到淡水河流入大海，忽而开阔的景况。淡水海口虽饱受污染，在远山的清晨看来，仍是蔚蓝澄明，从海面过来的阳光与和风也显得亲切温柔了。

于是，我和朋友沿着山腰的小路步行，在这优美的山野里，农人在山腰上种植了竹园、果园、槭树园，特别是去年春天才种植的槭树园，因于特殊的三叉叶，显得格外的美。

我们穿过槭树林，就到了更近海的山边，风景益显得辽阔，这时，吃惊的事发生了，差不多整个观音山山沿风景优美的地方，全被坟墓占据了，趋近一看，大部分的坟墓都是新坟，是近两年才埋进去的。沿着小路前行，看到几部挖土机正在铲平山土，准备造出新的坟墓。

那已经造好的坟墓，可以让我们看到台湾近些年真是有钱得多，坟墓是由水泥填成，有些占地将近十坪，墓碑与门坎用意大利大理石砌成的，显然造一个坟墓要花费不少的金钱。

朋友带我从每一个坟墓的正面，站在墓碑处，向海面上望去，他说："在八里山上盖的坟墓都是风水最好的，也可以说是风景最好的地方，有时站在坟碑上远望，会觉得，这么好的地方让死人住了真是很可惜。"

在我们走过的脚下的人，他们生前很可能是从来没有抬头看过天空的，也很可能没有时间和心情到海边山上散步。他们把大部分时间用来累积钱财，以便死的时候可以选一块风水好、风景优美的墓地来躺着，白天望云，夜晚看星，这真是一个很大的嘲讽。

从十里红尘搬迁到山上居住的朋友，不禁生起了感慨："我有时沿海岸散步，走过坟墓，就会想，如果把这些坟墓里的死人，装成一罐罐住在城市的大楼里，而把住在大楼的人搬到山上风水好的地方来住，不知道有多好？我觉得大城市适合死人居住，而山明水秀的园林适合活人居住，可叹的是，现在正相反过来！"

死者在深幽的山林中埋葬在风水好的地方，以便能保佑在城市里胡乱居住的子孙，是人间令人深痛的反讽。

拿什么还给世界

当一个人走过生命的道路，他是把自己还给宇宙，然而，活着的人为了表达哀思，却用水泥、青石、砖块来破坏自然，在死者“居住”的十坪内，不再有动物可以存活、不再能长出植物，于是，生前想尽种种方法从自然里掠夺，死后还不能作世界的养料，丝毫的利益都不肯还给世界。

朋友说，他曾在某一个清晨，看人在山上以铜棺厚葬，那厚重的铜棺必须由数十人来抬动，费心耗力，而每当想到几千年后那一口铜棺都还不会腐朽，还残害着山林的土地，就会令人悚然。

那么，到底什么样才是最自然的死亡呢？什么样的死才能维持人的尊严并对世界有益呢？我们想到，西藏人用“天葬”，把死者的遗体割下来喂鹰；印度人用“火葬”，把死者火化成灰作大地的养料；某些海岛住民则用“水葬”，把死者丢入海中喂给鱼族；印地安人和非洲人用“山葬”，临死者走到山林里躺卧而亡；中国人用“土葬”，以木棺入土，时间到了也随之化成泥土，供养了土地……不管是用什么方法，都似乎比现代人还“文明”，既能维持人的尊严，也能对世界有益。

亮亮，我和朋友就站在坟墓罗列的山腰上，谈起了死的种种，朋友说：“我觉得死了以后，最好烧成灰，拿到稻田或山林去洒，这是最纯净的方式，也是所有的动物的方式，根本不需要坟墓与墓碑，因为有丰功伟绩的人他自然会记载在史册，平凡的人则自会活在亲友的心中。”

我说：“这还不是最好的。”

生前一粒豆胜过死后一头猪

我心目中最好的方式是把人直接埋在地里，不需用棺木碑记，而在他埋入的地方种一棵他生前最喜欢的种类的大树，这样，他不但不会污染大地，身体也作了大树的养料，后世的子孙也可以凭吊他，以大树作为纪念他的标记。

谈来谈去，谈累了，我和朋友坐在一座豪华坟墓门口的石狮子上休息，想到人把墓造得如此豪侈是毫无意义的，想到台湾民间流行的一句话：“生前一粒豆，胜过死后一头猪。”意思是生前对父母的孝养一粒豆，比死后杀一头猪来祭拜，要有价值得多。

想到有一次与几位朋友喝咖啡，有人就谈起现在最热门的股票，说某人一天进股票市场，出来存款就会增加一千万，说：“一个早上就赚了一千万呀！”

大家都露出羡慕之情。

我也不知道自己为什么会这样说：“以后就会发现，一千万也买不到一个早上呀！”

这不是泼冷水，而是实相，在俗人眼中的一千万很多，可是不要说一千万买不到一个早上，一千万连五分钟也买不到。

一千万算什么呢？前一阵子一位富豪过世，留下七百多亿的财产，子孙却为了争遗产在灵堂大声叫骂，甚至阻止自己的亲生父亲去出殡。这位父亲生前含辛茹苦、艰忍奋斗，自己过着俭朴的生活，积下富可敌国的家业，却在死后不能安宁，他在地下有知，一定后悔赚这么多钱，如果什么都没留下，子孙可能还更孝顺呢！

钱财多，烦恼也多，如果求财求富不知节制，就会沦入“福大业亦大”的局面，到最后就失去人生的乐趣了。

一千万也换不到一秒钟

孝养父母是“生前一粒豆，胜过死后一头猪”，对自己的生命也是如此，留下了庞大的家财、建造华丽的墓园，还不如生前能思索生命的意义，把所得的财富拿出来造福社会——我们生前供养社会一粒豆，胜过死后子孙给我们拜一头猪。

台湾的生活品质所以这么低落，是不可遏止的贪所造成的结果，有钱人忙着把自己的荷包塞饱，很少人能做人文事业、医疗事业、教育事业、艺术事业，乃至一切对这社会有益的事业，大家吝于把得之社会的钱用之于社会，生活的品质是永远不可能提高的。

可怜悯的是，慷慨讲义的人同样过一生，而贪鄙悭吝的人也是过一生。一千万亿也买不到秒针跳过的一格，一早上赚一千万以为是赚到了，若从千万亿买不到一秒钟看来，是彻底的赔本生意。

趁着我们的脑筋还灵敏、身体还健康，让我们多做一些于人群社会有益的事吧！否则到头来，弄个最豪华的坟墓，也不能安心地离开；万一弄得子孙失和、财迷心窍，就是人间的大悲剧了。就像我坐在坟前看那些有钱人盖的风水好的墓，就有一种悲情：一个人如果至死不悟，赚得全世界又有何用？

与朋友从墓园区走出来，正看到一群孩子在山路上放风筝，只有一个孩子有风筝，其他孩子都叫着："再放！再放！"风筝一直飞高、飞高，放到底的时候，不知道为什么，风筝线突然“啪哒”一声断了，风筝往白云的方向飞去，终于到最后什么都看不见了。

孩子们怅然若有所思地看着远方。

亲爱的亮亮，我想到，生活在这世界的人是多么像一个风筝，我们手里拿着“名缰利索”，旁观者大喊飞呀飞呀！我们就容易忘记风筝的极限，忘记高处不胜寒，放到线断为止，就失其所终了。

风筝到底不是白云，人生也是非常有限，钱财有限、福报有限、时间更有限，与其拉着名利的绳子随风上下、七上八下，还不如做一朵不受索绊的白云，悠哉游哉，优美地横过天空。

亮亮，让我们少想贪得世界的钱财！让我们多想想生命的价值、意义与归向吧！这关键性的问题，生前比死后重要得多！

一株草，一点露

我坐的飞机正越过中央山脉，要到台东去。

从机窗往外看去，云层稀稀落落的，在机身底下追逐游戏。穿过云层，就看到一片山林起伏、绿意盎然的大地了，潮湿温润，在阳光下有一种玉的感觉。沿着绿地，温柔怀抱大地的，是海！湛蓝、蔚蓝、澄蓝、透明的海，在海岸边缓缓地前进与后退。

在山与海之间，错落着一些梯田和田庄，从空中看，我们才知道台湾的人民是用多么深情的心在耕耘这片土地，它多么整齐、优美、细致！

亮亮，我每次坐飞机越过台湾上空，就有一种泫然欲泪的感动，感恩的心就像海浪一样汹涌着，觉得自己多么有幸生长在这块翠绿的大地，与那么多辛勤而纯朴的人民一起生活、工作、成长，来创建我们的家园。

有几次，我看着这片土地，竟真的哭了。我在笔记上写："今天看台湾，感动得流泪。"被一位朋友看到了，觉得不可思议。

亮亮，在过去的岁月，我飞过大半个地球，走过世界的许多国家，可是我还是认为台湾的土地最美、最有生命力。这种感怀有一部分是情感因素，但也不全然，其中有大部分是很理性的。

像我每一次走过台北的水果摊前，都要为那些饱满、鲜艳、丰润得快滴出水的果实感动不已，在这个世界上，我们多么幸运，可以生长在美好肥沃的土地上。那些水果不但味美，在视觉上给我们安慰，还有一种特别芳香之感。我常常想：是什么样的土地可以长出如此多而丰美的果实？是什么样的辛勤人民血汗的耕耘，才使我们能品尝这美丽的果实？然后我就觉得有一股暖流穿过我的全身血管，使每一个细胞都饱含着感恩与欢喜。

我每一次到中南部去，站在金黄色的稻田中央，看那些头垂得低低的稻穗，在春日的微风中摇曳，我就觉得心情开朗而辽阔。亮亮，我总是想起，是这样的平原抚养我长大，我们从农村中长大的孩子，对台湾成长的痕迹总觉得历历如绘。

在三尺见方的小小土地

还有，茶叶行与青菜摊也是我喜欢去的地方，茶叶店中新烘焙的茶香，令我感受到天地的灵气、日月之精华，想起从前无数次因采访而在茶农家饮茶那温馨的记忆。青菜摊的蔬菜，使我想到在河川和山坡畸零地上，老农夫背着水箱洒水的景象。亲爱的亮亮，就是在三尺见方的小小土地上，我们的农夫也可以种出一大把一大把的青菜。

在台湾土地上旅行时，我常想起佛经里的四个字："中土难生"，中土，原本是中原的意思，是指有佛法的地方，可是我们也可以把它解为是一个有好风好土的地方，是人活着有尊严有希望的地方。想起在这扰攘的世界上，有许多民族正为生死在战争，许多国家长期处在饥饿动乱的情景，我们能活在这里的人应该学会感恩。

可叹的是，我们长久以来都过于轻忽、践踏了我们的土地，特别是在都市化的地方，都不能免于空气污染、交通混乱、人心败坏、道德堕落，使人很难相信在短短的日子里，社会文化的巨变。

从前南部的高雄治安恶化，与高雄相比，台北仍然是好的，因此台北人流行着一句话："高雄到了，高雄到了，下车的时候请别忘了防弹衣。”前些日子，遇到海外回来的朋友，告诉我现在海外流行的一句话：“台湾到了，台湾到了，下机的旅客请别忘了穿防弹衣！”可见台湾治安的恶化已经是全球知名了。

一个如此有钱的地方（外汇存储世界第二，消费指数世界第二），却可以如此地无礼与无体，恐怕也是世界仅见的。亮亮，这都是由于我们这个社会从来没有真正重视文化与文明的教化，人的品质在环境变迁中从未提升，因此，如果我们不能努力地防止人心的恶化，台湾的将来是可忧虑的。

更可怕的是，这种恶化不仅是城市的，也是乡村的，现在几乎整个台湾土地都已经陷入了人心恶化的情况。我有时到中南部去，看到游手好闲的青年，听父老谈起治安的恶化，被野鸡与流氓骚扰的乡城，都会使我在暗夜的旅店中感到心碎。怪不得有许多人有一点积蓄就急着去移民，前不久遇到一位要移民到纽西兰的朋友，我问他：“大家都要移民到美国或加拿大，为什么你却要去纽西兰呢？”

朋友说：“我觉得纽西兰的风土有点像二十年前的台湾，干净、宁静、安全！”

亲爱的亮亮，这是多么可悲呀！我们已经在不知不觉中失去了干净、宁静、安全！经济与财富如果要付出这样的代价，牺牲未免就太大了。

鲁宾逊征候群

日本现代医学有一个名词叫“鲁宾逊征候群”，是指那些永远期待未知世界的人，他们不能满足现状，一生都在漂流，最后就像一个困居在小岛上的人，连最后的一只孤舟也找不到。那是因为心灵真正的归属，并不在寻找新的世界，而是在内心的安顿。

这个名词可以用来形容这些年来台湾的追求，我们从小就教孩子要考上好的大学才有前途，要出国留学才有前途，要赚大钱才有前途！于是功利的思想早就深植人心了。特别是为了这些功利，我们不上音乐课、美术课、体育课，甚至停上公民与道德课，这就像一朵花从来不想要扎根，只想要开花一样——花或者也会开，却像漂流的浮萍，没有落实之处。

我们居住的土地与人民之所以会败坏，教育是一个非常巨大的因素，爱乡爱土爱人民、肯定心灵的提升与道德的价值，这些说起来很可能是太保守了，可是如果不从这里来重建，在浮荡的现代社会，我们要在何处系上我们的心灵之舟呢？

亲爱的亮亮，人生是如此短暂，个人的享受是这样有限，一个人倘使不能安下心来看自己的乡土，不能对社会的成长有承担的勇气，使我们的土地更适合人民生活，那么，就是住在最豪华的屋宇，有人间最高级的享受，也没有什么意义了。

假设，我们能挽救天下人心，就是天天吃番薯配咸菜，我们也可以甘之如饴。

如果，我们能停止台湾土地的败坏、人民的堕落，即使只是站在水果摊前，看各形各色的水果在黑夜中闪现光泽，就是无比幸福的事了。

到台东了，我住在距离海岸不远的地方，感觉就像回到二十几年前一样，干净、宁静、安全。

今天早晨我到知本温泉去，在林野间散步，每一株草每一片树叶都饱含着露水，使我想起父祖辈时常说的一句俚语："一株草，一点露！"使我感觉到每一片草叶都是微笑的来面对这个世界。也想到另一句俗语："草仔枝，也会绊死人！"在我们生活的四周，有许多小事看起来无关紧要，有时就会被小事绊倒，甚至摔死。

亮亮，台湾文化的进程正有如这两句俗语，我们的努力正如一株草，一点露，永远不会落空；我们的轻忽或粗鄙则像是路中的草枝，正准备要绊倒我们，要清除这些草枝，靠的不只是经济的力量，而是心灵的安顿。

心灵，才是最后的拯救

不久前，柏林围墙被推倒了，我们看到了全世界的人都在为自由的胜利而欢呼，但是有一则被忽略的新闻特别地感动了我，就是美国当代著名的指挥家伯恩斯坦在东柏林指挥一个由六个乐团组成的大型管弦乐团，包括伦敦爱乐管弦乐团、巴黎交响乐团、德勒斯登交响乐团、纽约爱乐管弦乐团、列宁格勒吉洛夫剧院交响乐团、巴伐利亚电台合唱团，一起在东柏林演奏贝多芬的第九交响曲，理由非常简单："庆祝柏林人重聚一堂"。

那使我感觉像是坐在海边，看海浪涌来又退去，每一次呼吸都像是进入了天地最奥秘与浪漫的内在世界。柏林围墙是全世界人心里藩篱的象征，而贝多芬第九交响曲给我们的提振，则象征了人心的自由。

心灵之美，才是世界最后的拯救，对于台湾的将来，也是如此！

亲爱的亮亮，我在知本温泉深呼吸时，感受到有一股热气来自遥远的地心，它贯入我的心，使我感到无比温热。亮亮，这是我们的土地，我们要更深切地学习微笑、感恩、包容、赞美、牺牲，与祈祷，我们要真诚地、全心全意地把一切献给这丰美的土地，还有那些每次看见了都想立正向他们致敬的人民，这土地与人民总令我想起那庄严、澎湃、接近于完美的贝多芬第九交响曲。

附录

我的少年时代

影响我最深的一段历程，应该是在我读高中的时候。为什么这段时期影响我最深？因为只要一念之差，就万劫不复。

我在高中时便决定要做一个写作的人，也就是所谓的作家。我之所以要做作家，有两个很重要的基本因素。一个就是在我小时候，因为我们家是农户，大家的生活很苦，所以每次有县太爷或立法委员之类的人物要到我们乡下来，就有一些老先生老太太，都会在马路上拦住这些大人物，然后跪下来跟他们喊“冤枉啊！大人！”意思大概就是说，为什么我们收成这么好，却卖不掉，全部要倒在河里？为什么是这样不合理的制度？或者遇到台风要请大官来拯救他们……

那时我们年纪小，看到这种情景都感到非常心酸，这种心酸使我觉得，如果有那么一天，希望我能替这些人讲话，也就是替一些没有机会出声的人发声。这是第一个原因，而这个原因在我小时候就已经萌芽，等到它比较成熟，是在念高中时。为什么等到念高中时才比较成熟，因为我以前一直以为农人是挺悲惨的了，等到念高中时，因为我念的是台南一个离海边很近的学校——瀛海中学，我的同学有一些是渔民的子弟，他们比我们更悲惨。

我常常会碰到的一种情况就是，在上学时看到隔壁的同学在哭。我就说，喂！为什么哭呀？因为我念高中时已经很少哭了。他说哥哥昨天在海上死了！那时我听了很震撼，因为我小时候一直以为自己的生活很悲惨了，我四周的环境已经这么差了，没想到还有比这更差的，这些人就是渔民，另外还有盐民。那时候盐田都是政府经营的，这些盐民领很少的工资，而且工作非常辛苦。以前晒盐不比现在，盐都是用人挑的，现在已经完全自动化了，所以当时的生活很悲惨。那时候我就想，原来还有更悲惨的人，我应该要替他们讲话，为什么这个社会上都没他们的声音！

另外一个原因就是，希望除了能够代他们发声之外，还希望使人跟人之间可以沟通。因为生活在不同环境的人是很难沟通的，不仅是大人，小孩也一样。像我在读书的时候，那时还有省籍的意识，他们会分外省人和本省人，外省人还分这是眷村的、那不是眷村的；本省人也还分这是糖厂的、那是警察局的……像我们就是种田的。然后这些人之间不太容易交朋友，因为背景、思想、行为都不同。我就想，为什么会有这么大的差别？原来就是人跟人之间沟通上的障碍。

所以那段时间，我就立定志向要写作。我想要做一个作家，第一个条件就是要读很多书，第二个就是要思考。可是你要知道，在台湾的教育环境里面，没机会让你在读高中时读很多的书，也没有机会让你每天思考。所以那时候上到高二，我几乎已经变成学校里的一个怪物，因为我每天都会跑到海边去散步、去思考，思考人类的前途。大家都觉得这个小孩怎么如此奇怪。

那时候我读了很多课外书，我曾经立志要把学校图书馆的书，从第一本看到最后一本，所以每天都跑图书馆，什么种类的书我都看，每天做笔记。虽然内容不一定全能吸收，可那时的我认定一个作家就必须懂得那么多，所以拼命看书。

当时我对“作家”没有概念，认为作家就是写文章的，可是哪里有那么多文章可以写？而且你一定要每天写，那么就一定要有很多资料，而这些资料要从哪里来？一定是从读很多书得来的。所以在高中时，我就读了不少课外书。刚开始读时，我非常吃惊，这种吃惊就是觉得这些书为什么这么好看？学校的书为什么没这么好看？除了学校的图书馆，我又到外面借回很多三十年代的书籍。有许多书我从第一个字抄到最后一个字。因为那时没有影印机，借来的书只好抄，抄的时候，底下垫好几张复写纸，抄完以后装订，再卖给同学，这样我就把钱赚回来了，而我自己也保留了一份。

那段时期，我抄了很多三十年代的作品，这些作品非常深刻地感动着我，我想是因为我童年生活背景的关系。

因为这些，我非常喜欢读书；也因为这样，使我的功课很差，差到什么程度呢？我念高中二年级时，第一个学期结束，放了寒假在家里，我爸爸收到我的成绩单，在饭桌上打开来看后，对我说：

“还不错嘛！有一科是蓝色的。”

而且这蓝色是美术科——六十分，其他全都不及格，我爸爸妈妈一直到现在还搞不懂的是，我是我们家的小孩最爱念书的，每天回到家就关在书房里，可是成绩却是我们家的小孩中最差的，我哥哥姊姊的成绩都不错。我妈妈觉得很奇怪，是不是这个小孩头脑有问题，他花了那么长的时间读书，可是却读成这样子。但是他们也不忍责备我，因为我实在已经太用功了。他们并不清楚，在学校读书是一定要读考试的书。

因为喜欢读课外书，所以课业成绩一落千丈，课业成绩不好，学校老师就看不起，不但看不起，而且态度也不好。常常因为很小的事情，老师就骂我，我不服气反抗，他们便不高兴。结果到了高二，我已经被记了两大过、两小过、留校察看。他们不准我再住在学校宿舍，怕我会影响别的同学的情绪和操行。所以我高中二年级到三年级都在校外租房子，住过杀猪的家、住过杂货店……

爸爸妈妈很伤心，为什么这么爱读书的孩子会受苦刑到这步田地？他们无法理解，常常问我到底要做什么？为什么书读得那么烂？我说我要当作家。他们说作家是做什么的？我说作家就是写了文章以后寄出去，人家钱就寄来了，不是很好吗？我爸爸就认为那是绝不可能的，天下哪有那么好的事？

那时候我的人生已经快完蛋了，因为我觉得已经没有什么指望了。我想说不要念书，回到乡下去种田。然后一边种田，一边发展我写作的事业。可是爸爸妈妈都坚决反对我作这样的决定，因此考虑让我转学。

可是后来我并没有转学。为什么呢？因为幸好在我高中二年级下学期，碰到一位很好的国文老师兼导师。他的名字叫王雨苍，北大毕业，已经有一把年纪了，是从公立高中退休后到私立学校教书的，因为教书是他的兴趣。

在我被人看不起的那段时间，他对我非常地好，可以说是这个世界上第一个鼓励我写作的人。他那时问我到底在干什么？我说我想当作家。他听后吓了一大跳，因为他教书多年，也没听到有学生想当作家的。他问我为什么，我说我要为沉默的大众发声，要促进人跟人之间的沟通。他听了很感动，觉得我年纪那么小，志气却那么大。于是他就一直鼓励我，要我及时开始作准备。

于是那个时候，我每天写一两千字的文章，这也是当时唯一支持我继续读书和活下去的理由。写了一段时间之后，因为投稿常见报，在学校里渐渐出了名。那时我的文章常被登在《联合报》、《中央日报》……这些不得了的报纸上，大家都觉得很惊讶，开始对我另眼相看。

那时候(大概二十年前)，一篇稿费(一千多字)大概三四百元，可以在学校吃住一两个月不成问题。

因为这样，我常代表学校出去参加作文比赛，每次都得奖。好几次还得到台南市论文比赛第一名。老师也开始比较善待我，他们都知道我要当作家，大学考不上也没有关系，所以打那时候开始，也没有人逼我要好好读书。我想这一段时期对我后来的影响非常大，因为如此，我差不多在高中时期就放弃了考大学的念头，认为我应该好好写作而不要考大学。那时校长还把我叫去，告诉我不用报名了，因为报名费一百四十元，他说：

“你干脆把那一百四十元省下来，买西瓜请同学吃好了！”

我说我还是要赴考，至少要给爸爸妈妈一个交代。可是那时我已经非常确定我的志向，那就是将来要做一个作家；即使没有考上大学，仍然会继续写作，不管身处在什么情况之下。

想当然耳，第一年我就名落孙山——落榜了。我爸爸卖了家里的一块田地，筹了一笔钱。他把我叫去，说：

“你没有考上，我知道你很难过，现在这里有三万多块，我听说台北有一种补习班是保证班，你缴了钱就保证一定考上。你把这笔钱缴去保证班吧！保证班一年八千块，缴了学费，你还有余钱可以在台北生活。”

于是我就带着一笔三万多块的钱来台北。在补习班门前徘徊了好几天，因为我这辈子从来没有拿过这么大的一笔钱，这三万多块缴进去，实在太可惜！缴给别人花还不如自已花。自已要怎么花呢？那时我就想，三万块，如果一个人拿来过一年，绰绰有余！因为一个月花两千多，在当时来说已经很不错了。

那时不知哪里来的勇气，我立即作了一个决定，我不要补习，我要把这笔钱拿来作一个旅行，因为我在高中时就很想去了解别人的生活，可是自己的经验缺乏。所以我就想去一些地方旅行，了解一些地方的风土人情，那对我的写作会很有帮助。

所以我便开始计划一年的旅行，到澎湖住一个月，去梨山一个月，去南台湾、东澳、南澳、苏澳、山地部落、矿坑、牧场……环岛旅行了一年，这三万多块还没花完，因为我住很便宜的地方，或者在当地打工。

那一年，我一边旅行、一边做笔记，觉得生命变得很丰富。那时我有一个月住在海边，每天到海边散步，回到住的地方喝茶，觉得人生真是幸福，因为在我高中毕业之前，简直不敢想象人可以这样过日子。这时候我完全处在一种非常平静的心情之下，可以做一些自己喜欢的事。一直到现在，我仍然很喜欢自己跟自己对话、自己同自己思考。去梨山时，我发现梨山在征采水蜜桃的工人，日资四十元并供膳宿。我觉得这个工作不坏，就去做工，吃住了一个多月，一直到水蜜桃采收完后才下山。

那一年对我的影响实在太大了，我发现自己的眼界突然被打开了，原来世界这么广大，和我以前所想的完全不同。对一个高中生来说，他独自去旅行一年，那种感受非常强烈、刻骨铭心，带给他是多么大的震撼！此外，它让我比较真实地认识别人的生活。

我们以前因为生活环境的关系，使我们在体验上受了极大的限制，不知道人到底怎么样过生活。原来这个世界上有很多不同的人、做不同的工作。这个经验深深地影响到我后来的创作。譬如后来我花很长时间去写报告文学，以至后来做新闻记者，就是喜欢去了解这些东西。我的散文之所以常常写进生活层面去，就是因为我极度喜欢人文。因为最让我们震撼的不是自然，而是直接生活在这里面的人的想法和心情，即使在一个风景普通的地方，如果这里有一些人，有一些特别的想法，我们就会觉得这里很美。

不过很悲惨的是，那年考大学又落榜了，但是我一点都不觉得遗憾，因为这种交换对我来说，实在很可贵。

第三年，我为了不辜负爸爸妈妈对我考上大学的期望，努力地考上了世界新专电影科。考上以后，我爸爸放了一串鞭炮，庆祝我终于金榜题名了。

那一段时期的经历对我的影响很大，使我非常确立自己写作的志向。在旁人来说，写作也许只是他们的兴趣，觉得写文章可以作一些自我的表达；可是对我来说却不同，我一开始写作的动机就是希望为这个世界写作，为这个世界的人写作。

我比较不喜欢做所谓的“乖孩子”。我在读高中时，就常常做一种思考——如果很多人都用同样的观点来看一件事的时候，你有没有一个新的观点？我认为一个写作的人就是要在人潮里逆流。当这个世界都被污水弄脏的时候，我即使只有一滴清水，也要拿来清洗这个世界。

我的少年时代是那么美、那么真实，那一段岁月里，我想，我基本的人格与风格都已经养成了。

（本文由林清玄口述，曹韵怡笔录，原文刊登于《仕女杂志》）